陈倩清/著

# 倩影清风

团结出版社

▼ 作者的公公婆婆大妹和丈夫

▼ 全国文艺家聚会九龙峪

◀ 女画家陈维芝作品：
我要飞的更高

作者为陈维芝赠画赋诗一首：

### 《互勉》

陈家姐妹喜相逢，
作画吟诗兴趣浓。
比翼双飞齐努力，
共同打造中国梦。

▼ 女画家陈维芝作品：清江丽水益行舟

▲作者与永康诗社诗友留念

▲ 作者参观李大钊纪念馆

▲ 与鲁迅文学院进修文友合影

明渔光歌山衔色唱寺春奚

▲人民日报社主编：石英老师赠

海纳百川有容乃大壁立千仞无欲则刚

林则徐句

辛卯三夏新民书

▲军旅书法家：王新民老师赠作者林则徐句以勉励

半亩方塘一鉴开天
光云影共徘徊问渠哪
得清如许为有源头
活水来

朱熹诗 观书有感
乙未年初夏 刘永强

书法家:刘永强老师赠作者

# 序《倩影清风》

　　陈倩清，北京建筑部门的一个女职工，四十岁后开始迷恋诗文写作，把自己所闻所见悉数收入诗文。身边的每件事，北京的每件新闻，国家的每个变化，如奥运召开，如大阅兵，如国庆盛典，在陈倩清的诗中都有反映，这部诗集，是一个北京工人作为北京市民对于伟大北京的真实记录，是对于北京平民生活的真实写照，从这本书中，可以了解北京的日新月异的发展和变化，可以观察普通北京的日常生活，这本书中鲜活跳动着中国北京的脉搏，显示着中国北京平民的心灵与表情！

　　工农写诗，是五十年前的事情，那时国家提倡鼓励工农写诗，让他们歌颂新中国的美好情景，许多工人农民诗人应运而生，如王老九、胡万春等。但是，随着新时代开始，写诗作文成了知识分子的事情，改革开放后，国人对于钱的追求远甚于写诗作文，连许多小有成就的文人都放笔从商，工人农民写诗就成的凤毛麟角，尤其是发自内心的努力写诗，就更让人感动，陈倩清，作为一种现象，应当是工人对于文化艺术的追求，是平民对于文化的渴望，也预示着中国平民对于文化的觉醒，在这个 意义上，陈倩清就是伟大中华民族的一个福音，是中华民族文化新潮的波涌涛动！

《我是一个顶樑柱》是她获奖的一首新诗，写她的丈夫因工负伤后的挣扎奋斗与乐观生活，已经成了"患夫"而仍然奋斗不止，仍然为了减少国家负担努力工作，再立新功，自己想成为家庭的顶樑柱，不给妻女增加负担，同时也是国家的顶樑柱，也展示了中国当代工人的伟大坚强无私奉献的高贵品质。此诗获得征文单位的表彰是正常而应当的，她不止弘扬了正能量，而且是极少数歌颂当代工人的伟大坚强无私奉献的高贵品质的诗文。很长一段时间，我们的专职作家只描写的小资男女，大小商人，官场新闻，情场绯闻，而淡忘了工农大众，这是一个绝大的缺失！而陈倩清的出现使我们看到了真实的工人生活与工人写作！

陈倩清作为工人作者，凭着真情与良心写作，她只凭着公民的责任感和对国忠诚写作。直抒胸臆感情充沛。《我是一个顶樑柱》写出工人的豪情壮志，写出工人家庭朴素真挚的爱情，给人美的享受，表现了作者的爱心；而《守丧》尤其感人，婆母去世，她一个儿媳守着去世的婆母尸旁，这是她发自内心的孝心，让人感动，诗心化德人与诗俱佳。努力写诗是她对于新世界的良性反映，北京的每一次脉搏的跳动都牵动她心灵与表情，化而为诗，就是中国脉搏跳动！她的诗与中国共呼吸同命运！

她的"自度词"很好，有独创性。如《文革浅议》写出记忆中的文革，深刻而理性，发人深省。《夜乘飞机有感》亦新颖别致，那种三、三、七式的形式使古今结合，诗词融会，即有古韵，又有新声，很适合她的抒情。她在艰辛地探索，她有努力地表达，她以一颗赤子之心在学习、积累，她在背《古文观止》、《唐诗三百首》、《诗词格律》，她会成功！

　　她所以能写诗，不能不说她的家世渊源。她生长在香河县璞头屯村，此村清朝有个陈则廉，这个陈则廉是个进士，这个进士不平凡，与曾国藩和李鸿章父亲是同榜同科，他做过四川省学政，晚年回乡教学，著《观澜书屋文集》六卷，这个村子的陈世家族出了不少人材，陈倩清也是深受影响的吧！希望她越写越好！是为序。

王宏任

2015 年 12 月 3 日

---

　　（作者王宏任系河北作协会员廊坊市文艺评论家协会副主席，原香河县文化局长文联主席）

倩·影·清·风

3

# 人若心存善念，情思才会高洁

　　我爱腊梅，她不惧严寒，凌寒飘香，迎雪吐艳。我爱翠竹，他心怀若谷，淡泊名利。我爱杨柳，它虽《一叶秋黄》但也《落叶留魂》吐纳清新，造福于人民。我爱小草，他扎根底层，润泽泥土，不惧风雨，绿化大地，保持深沉。我爱荷花，"她洁身玉碎人民献，香魂一缕佳肴添"。我想，大概人若具备了上述性格，也会心存善念，情思高洁吧！

　　我是一名普通工人，身置于人民之中，与他们同甘共苦，经历和感受了员工们为客疯狂服务的劳动场面，工作中的繁忙与快乐给我带来了许多体会，积累与素材。使我写下了《快乐餐厅必胜客》在社会活动中，我见到了各行各业的人们，在默默的贡献自己的青春和力量，我写下了《亿万中的一员》在危难关头，抗震救灾中我看到了人民子弟兵奋不顾身抢救灾民的壮举，便写下了《鲁甸地震》及《人民子弟兵赞》在改革开放三十年的进程中，我看到了祖国的发展变化，如科技文化《神十九天来接洽》《航母洋底潜雷达》如农村和城市的发展《农业耕田机器化》《城市网络进万家》及医疗保障和社会福利方面《病有所医不用怕》《疑难杂症 CI 查》《老有所养享年华》《闲趣跳舞谈诗画》《上亿学子步天涯》《百万博士京门跨》以及对北京奥运会，上海博览会，昆明世博会等，把祖国诸多领域所取得的伟大成就详记其中，由此我写下了《盛世中华》

我深爱祖国和人民，我用诗歌来倡导和平。写下了《七七事变》《纪念抗战暨反法西斯胜利七十周年》《国庆抒怀》以此抒发我的爱国情怀。

我是一名热血青年，在北京一建公司工作，曾荣获北京一建和建工总局授予的《优秀共青团员标兵》的称号。退休后在必胜客是一名训练员。在安定门全国冠军挑战赛中，曾荣获"上海队，天津队和广州队"领导们的认可，获发多枚奖章。并受领导们一致推荐，我成为必胜客的服务盟主。也曾六次拾到手机，三次拾到现金追交顾客。在此诗集里也记录了我的《必胜客的职业生涯》《离别》等

在家中我是一名主妇，勤俭持家，相夫教子，孝敬父母。我写下了《美女倩影》《难忘2008年》《丧母》秉承了中国妇女的传统美德。

十年动乱，百日丧父使我写下了《文革浅议》虽，"暗罩华夏风雨摇"，但"拨乱反正党降妖""和谐盛世多美好"。经历了灾荒和痛苦的童年，让我写下了《十岁那年》在真相和民族大义面前，我选择了放弃个人恩怨，倡导和谐社会，利国利民，力求在大悲中觉醒，在善行中自修。我要用手中的笔，为民鼓与呼。以形象生动，人们喜闻乐见的形式传播社会核心价值观，弘扬正能量，在此，我写下了《我是一个顶梁柱》《优秀共产党员的风采》我想一个好的作家，她所写的文章不

倩·影·清·风

5

应该代表个人行为，要对祖国和人民负责，心怀大义，要写出能够凝聚中国精神和中国力量的好文章，以适应时代之需要，在此，我当

加倍努力，疾步前行，修善己为，不负众望，写出更多更好的文章来，做一个有正义感的，心存善念，情思高洁的人。

2015 年 12 月 15 日

# 目 录

# 我是一个顶梁柱

谁说我是一个患夫，
我是一个顶梁柱。
我不申请工伤，
更不需要人照顾。
我自食其力，
不给社会和你添包袱。
说话的是我的丈夫，
他属鼠，
他常常夜间活动，
子午而出。
从安定门到德胜门，
最长能跑到宣武。
回来后，
你看他袋子满满，空瓶满屋。
我问他为什么如此太辛苦？
一天也卖不了二块五，
他说：你看，我的肚子不鼓鼓，
从过去的腰围三尺五变成现在的二尺五，
我的三高也全无。
现在的我，跑起路来能和你比速度。
我说你，当过兵，干过保卫处，
为什么还这样如此低调的付出。

他说；这是一种境界，

美化环境，锻炼身体，快乐的自我救赎。

真的看不出，

你是一个从国际大厦七层摔落的脑血栓的患夫。

不由得，

让我想起83年国际大厦"空中飞人，

那让人惊心动魄的一幕。

当时你们木工三人正工作得全神贯注，

不料脚手架的松脱，

三人都从七层一起摔落。

幸好二层有一块木板将你托住。

才使昏迷的你，死而复苏。

同时摔落的三人中一死一伤二人从工地已撤出。

同事劝你也申请工伤，

你说："不"。

他们说："这个傻瓜，真是太糊涂"

三天后，

你又在那泥沙搅拌，

锤子飞舞，

叮当作响建筑工地上战斗的如火如荼。

烈日炎炎下，

再次见到了你漆黑脸膛上冒出豆大的汗珠。

你那蓝蓝的工作服上又沾满了厚厚的灰土。

炊事员记载了你

两个油饼两个馒头，一碗炒白菜

这就是你全天的菜谱。

昼夜奋战的工地也成了你的睡屋。

先锋突击队员是你的称呼

团员标兵，先进个人……发给你一大堆的证书。

后来的你

成为一名质量检查员，兼管保卫处。

国际大厦 32 层兼管，

竟无一点疏忽。

为此，你出色又顺利的完成任务。

之后

华侨公寓，北京国际饭店，

广电枢纽等各大建筑，工地都有你的驻足。

直到 2009 年 5 月 8 日

你再也无法走路，

送往医院，大夫说你的脑血栓动脉血管大面积严重淤阻。

治疗时间隔得太久，

在科技的医学也无法救助。

就这样你成了脑血栓的患夫。

病床上的你

仍不服输

你还要重新爬起，

证明自己不是懦夫

你的身上，还藏有 18 岁当兵时的傲骨，

你的身上，依然富含着老建筑工人那艰苦奋斗勇于拼搏的

质朴。

挪步……迈步……走路。

你绝不向病痛屈服，

你挑战着生活对你的残酷，

当人们住进那玉宇琼楼，霓虹旋转的彩屋，

就能想到你们建筑工人那辛勤的付出。

你已经证明了自己是个顶梁柱,

劳动能给你带来快乐和幸福

能够为祖国奉献青春和力量,

是你最大的骄傲和满足。

夕阳里,大潮中,你仍然,默默地,

追赶着,践行着,中国梦的脚步。

2014 年 8 月 5 日

2014 年 12 月荣获北京市总工会"中国梦·劳动美"征文优秀奖,作家报创新奖,登载《香河文艺》。

# 优秀共产党员的风采

水泊中你像莲花一样出淤泥而不染，
洁白而无瑕，
狂风中你像苍松翠柏一样挺拔，
你的心灵就像圣洁的殿堂一样不容践踏，
你的意志就想钢铁长城般摧而不垮！
大千世界，无限繁华，
一尘不染，自把心灵净化；
那是因为你拒腐而纯洁，
无私而潇洒。
那是因为你执政为公，胸怀大智，
为民排忧解难而伟大；
那是因为你身为国之栋梁、
民之榜样，为党呕心沥血在默默奉献自己的才华；
那是因为你遵循了党的宗旨；
履行了党的职责；
在自己光荣的党史中发出的灿烂火花！

2009 年 7 月 15 日发表在一建公司报

# 欢乐餐厅必胜客

班时到了就如同军号吹响，
一排排必胜客员工着上节日般盛装速到各岗
看：内场员工产品操作有序又紧张
他们做的糕点比蜜甜
他们做的小吃快又棒
他门做的扒类嫩又香
他们做的饮料晶莹剔透又漂亮
他们做的比萨美名扬
看：外场员工你追我赶穿梭忙
这里到处打着 您好！欢迎光临的招呼声
这里到处都有顾客满意 谢谢的回应。
看：多少人在注视着你把五颜六色的饮料奉上
看：多少人在桌前等待着你把热腾腾的饭菜端上
这里是欢乐的海洋
这里呈现出温馨、祥和、热情洋溢、心灵感应
彼此互动的场景。
看：餐具车满满当当一趟趟来回奔忙
看：洗碗间的杯子，刀叉不停地进入消毒箱。
那错落有方码放的碟盘声如音乐般在交响
看：传菜员把传菜口的饭菜一批批全部送光
看：店长和值班经理内外兼顾，协调有方。
几小时过去了，员工的汗珠往下淌。

但让顾客见到的仍是他们那面带笑容的脸膛

虽然辛苦但为人民服务却使他们无限荣光

共同努力获得冠军店已不再是梦想

虽然忙碌又紧张，但员工的心情却无比欢畅

他们的身体是那样的健康，他们的境界是那么的高尚

快到快乐餐厅必胜客来

你会得到美食文化，爱心，热心，贴心一流服务无比愉悦的畅享！

2012 年 7 月 8 日

# 难忘情谊——赞店长吕嘉

我们以诗会友，我们唱响春秋。
是欣赏、切磋、庆祝、畅谈。
把生活的烦恼统统抛到脑后。

曾记否？
在艰难时期创业当头，
繁忙的工作，紧张的冠挑，
我们曾携手并肩战斗。
曾记否？
你才华出众，领导有方。
我们共同努力和奋斗，
才打拼出你今天的成就。
无论你飞得在高，走的在远，
你那颗真诚的心、纯洁的情，
总能和我们相伴左右。
愿我们的友谊总能保持天长地久。

2012 年 9 月 19 日

# 奥运之歌

奥运在京盛会，
精彩与梦想轮回。
五大洲的兄弟姐妹，
奋勇拼搏，永不后退。
我们为你呐喊助威！
为祖国夺冠，为国旗增辉！
只要付出，
就没有懊悔，
和平、友谊、竞技那才是奥运的精髓！

2008 年 8 月

## 离别

因公之需我们即将分离，
请不要伤感而哭泣。
聚散离合那是天意，
百胜同宗五湖四海皆兄弟，
在我们朝夕相处的日子里，
相互理解与支持使我们融入到一起。
不畏艰难团结协作增进我们彼此间的战斗情谊。
无论何时去往何地，
我都不会忘记你。
你的灿烂笑容早已印在我的脑海里。
祝你在新的岗位发挥特长和能力，
愿你做出更大贡献和业绩。
请不要忘记，珍惜友谊，思念过去，彼此常联系。
在你遇困受挫时我会给你勇气，
在你晋升时我能听你的消息。
调店意味让你结识更多新友，
给你提供奔向人生最高目标的更多启迪。
请不要忘记清廉正直的做人真谛。
网络能拉近我们的距离。
电话能缠绵我们的情谊。
只要有缘我们还会相聚。
冠挑时我们还可以再比一比。

2012 年 10 月

# 残缺的爱

谁不向往相濡以沫的姻缘，
谁不向往情投意合的爱恋。
谁不向往幸福美满的家庭，
谁不向往风平浪静的港湾。
可相爱的道路充满了荆棘，
相爱的道路布满激流浅滩。
有那么一种幻觉若隐若现，
有那么一种伤害离情别恋。
有人暗恋有人思念却无端，
那只是梦中相见欲亲无缘。
欲望迷乱了心智迷乱了双眼，
他的形象是那么高不可攀。
错位的爱情绝不要去品尝，
于是变得孤单变得更茫然。

2014 年 5 月

## 情人节畅想

青年时相互爱慕吸诱
曾经的缠绵风雨同舟。
那浪漫惊喜甜蜜情调,
卿卿我我是花前月下的金秋。
中年时岁月操劳身躯日渐消瘦,
哪有时间与爱人聚首。
奔波劳碌像上满弦的钟表,
把柔情蜜意早已抛到脑后。
满脸老褶沟壑纵横爬上额头,
平淡的生活已无风狂雨骤。
情人节也激不起一层涟漪,
那甜言蜜语可曾涛声依旧。
斟满爱情的陈年老酒,
向那老冤家送去最深情的问候。

2014 年 5 月

## 伤感的男孩

手捧玫瑰散发着阵阵幽香，
女孩的钻戒发出闪闪的光亮。
今日约会在那幽静的荷塘，
甜蜜的笑容堆在脸上。
男孩凝视着他的爱恋，
如甜美的佳肴却不能品尝。
心中的苦涩纠结着忧伤，
什么时候你才能变成我的新娘。
这是我盼望多年的梦想，
快快买一束玫瑰奉上，
悄悄地对她说，
这是我思念的衷肠。

2014 年 5 月

## 当我遇见你

也许

我们是前世的夫妻

也许

我们曾是一个战壕的兄弟

也许

我们是今时的闺蜜

似父母像儿女

我们同在一个大家庭里

网络拉近了我们的距离

唱和诗文连着我们的友谊

您的讲座使我受益

他发的图片让我欣喜

无论我们相隔千万里

最难割舍的是这份师生的关系

只因我们畅游在这浩瀚的文字海洋里

痴迷……痴迷……

2015 年 11 月 28 日

# 难忘的 2008 年

2008 年使我难忘，
奥运健儿给中国历史创造了辉煌。
而我却面临着重重困难的阻挡。
婆婆成了植物人，丈夫得了脑血栓，
女儿大学没上完。
我没有申请低保，
更没有张扬。


我，悄悄地找了三份工作——
《北京饭店》咖啡厅，《一建公司》通讯员，《必胜客.》
外场。
我在夜以继日的奔忙，
担起艰难的重担，迎着风雨而上。
每月出资交与大嫂把老娘照管，
下班后一小时到医院把丈夫探望。
工作的紧张使我像机器人一样，
早已忘记什么是情爱与忧伤。
人世间的苍茫，
使我感觉纯洁的友情在荡漾，
高尚的品德发挥着正能量。

终于有一天，
我战胜了困难，
迎来了曙光。

2014 年 5 月

## 太阳与月亮

你是太阳
我是月，
相互吸引成世界。
你发出灿烂的光芒照人间，
我播撒清辉光亮皎洁。
你给人类带来希望光和热，
我给人类带来安宁与和谐。
就这样周而复始，
演绎一个多彩的新世界。

2014 年 8 月

# 唁母亲

我悲
我哀，
母亲已不在，
嚎啕大哭，
也不能将你唤回来。
你给我生命，
抚我长大
望我成才。
你教我真诚，
要我慈爱。
谆谆教诲时常在我耳边响起来。
奉献国家，
服务人民是你嘱我的永远胸怀
我悲
我哀，
声泪俱下，
承你大恩将你缅怀。
天降大雨，
都将与我共悲同哀！

2013 年 5 月

情·影·清·风

17

## 串红花的心意

串红花，你是我的最爱最喜。

每年的十一，

我都能见到你。

你从遥远的地方来，

为国庆献上一份厚礼。

昨日见到你，

便让我想起延安的灯塔和奥运会的火炬。

今日见到你，

让我看到五星红旗飘扬在祖国大地。

今宵蒙蒙细雨，

更增添了你的绚丽与神秘。

仿佛间你又带来了春的信息，

我们的科技已问鼎苍天和海域。

你激发人们多元的思维，

创造出多项奇迹。

共和国六十五年的历史，

结出了累累的胜利果实。

你沿着老一代的革命足迹，

倡导勤廉治国的风气。

串红花，

你用炽烈之躯燃遍整个神州大地。

你替人民向党表达最真挚的敬意，
祝愿伟大祖国繁荣昌盛
强大无比！

2014 年 12 月 20 日

# 选择

当你拥有了成就和荣誉，
你是选择静静守候还是悄悄远离？
你欣赏着收获，
光顾着欢喜，
是总踏步在原地？
还是去寻找新的目标，
去创造更多的奇迹。
辛勤的耕耘，
才能享受温馨和甜蜜。
去逾越险滩，披荆斩棘，
把作品铸造的登峰造极。
永不在闹市中停留
扰乱你的气节与心绪。
发扬以往的刚毅，
坚持生命中那份永恒而庄重的气息。
选择在松涛云海中畅游心迹，
在历史的长河中播撒春天的种子
给子孙后代留下美好的回忆，
我们仍需努力！努力！
让生命的每一天都活的有意义。

2014 年 8 月

# 落叶留魂

无论你是垂柳还是骄杨，
只一夜春风便吐出鹅黄。
岁月荏苒沐浴阳光，
你披上绿色的军装装点山冈。
站立道路两旁，
虽无花朵的娇艳芬芳
却把沙暴阻挡。
你不曾有花朵那般浪漫，
却能净化空气为百姓避雨遮阳。
深秋将至，鸿雁南翔，
你变幻出层林尽染的辉煌。
一夜秋风卷走了你的金衣裳，
你经历着周而复始的沧桑。
身虽老矣，
却筋骨坚韧逞豪强，
落叶留魂精神爽，
更待来年春风荡。

2014 年 10 月

# 亿万中的一员

我是亿万中的一员，
你是亿万中的一员，
他也是亿万中的一员，
一员的一员就叠加汇成了亿万。
山不厌砂石，便能耸立云端。
海不拒涓滴，便能浩瀚无边。
这世上若没有了医生，
该有多少呻吟的病患？
这世上若没有了清洁工，
家园就会成了垃圾山！
这世上若没有了农民，
就会缺衣少餐！
这世上若没有了军人，
谁来保卫我们的家园？
这世上若没有了精英和伟人，
又有谁去和工农商学兵一道开创美好的明天
这世上如果缺少这一员那一员，
我们的生活该是多么的凄惨！
是啊！
社会就是巨大的机器一般，
缺不得每一个零件。
每个人都要起到作用，

每个人都要为社会尽职尽责做好贡献。

别小看这一员，

这一员的一员，

就是力量的源泉。

这一员的一员就铸起祖国的脊梁，

要挺起祖国事业的大山。

中国梦里，

我们步伐矫健。

劳作在今天，

幸福在明天。

赞美你，

亿万中的一员。

# 人民子弟兵赞

和平年代,
人民子弟兵的功绩,
在我们的记忆中有些淡忘,
仿佛已消失在历史的长河里。
可今天,
我们又真实地见证了他们那冲锋陷阵的足迹.
在红旗下的岗哨前,
在地震灾区,
他们像钢铁长城一般威武不屈,
他们又像高山一样挺拔屹立。
烈日炎炎下,
是他们将老人背出废墟;
寒风凛冽的深夜,
是他们在山上的羊肠小道用担架将伤员托起;
余震中,
危险的地区,
他们让乡亲们远离远离,
可他们还饿着肚子,
一分一秒地仔仔细细地寻觅寻觅,
挽救着一个个生命,
创造出一个个奇迹。
在那洪水泛滥的漩涡,

在那水流湍急的洼地，
到处可见他们冒险救人的身躯。
在那泥泞的岸边，
他们赤足驼背将沉甸甸的沙袋扛起，
筑起一道道坚固的坝堤。
多么壮观的场面！
多么难忘的情谊！
天下哪有这么好的军队？
他们高举着鲜艳的八一军旗。
让我们把子弟兵的名字，
在心中永远地牢记！牢记！
人民不会忘记！
祖国不会忘记！
历史不会忘记！

2014 年 12 月 18 日

倩
·
影
·
清
·
风

## 参加九龙峪笔会获奖感言

我站在高高的领奖台上感到汗颜。
我知道这不是我的顶峰,
也不是我的顶点。
因为此时海内大家们就站在我的面前。
他们的文化底蕴是如此的厚实饱满,
他们名声远扬,以述作凌江山。
而我却少懂寡言,知识如此的匮乏浅显。
他们才是我学习的典范。
我要向他们努力学习,深入探讨和钻研。
像一颗小草仰望大树参天,
又像身临汹涌澎湃的巨浪,
让我前仆后继的追赶。
是他们给了我厚积薄发的力量源泉。
人生能有几多这样相聚的今天,
我要惜时努力奋发向前。
歌颂祖国美好的春天,
让我们共同谱写出更多更好的灿烂诗篇。

2015 年 5 月 20 日

此篇登载《青州九龙峪:放歌集》169 页

## 赠鲁迅文学院进修学友——毕业留言

当钟声不在响起，
当座位成为空席，
当师生不能眸眸相对地切磋心得体会，
当同学不能朝夕相处比笔灵秀地增智续慧。
我的心像针扎一样挥之不去。
尊敬的老师
我多想再聆听您的教诲，
可爱的同学
我多想再次与你相会
珍惜这份纯洁的友情吧！
他比爱情和真金更为可贵
分别了
我们鹏程万里在星空际会
出书了
让作品在时空中畅享轮回。

2015 年月 10 月

# 中秋雨

当繁华落尽，鸿雁南翔。

牛郎与织女天各一方，

遥遥相对，隔河而望。

天也暗淡，地也苍茫。

当嫦娥奔月见不到吴刚

寒宫凄切，被层层云雾遮挡。

烟雨迷茫，泪染霓裳。

思也愁肠，梦也惆怅。

唯美的李苏诗词

谁来高歌吟唱

天地间为何演绎如此悲欢与凄凉。

2015 年中秋雨夜

# 中秋念【庆中秋诗友会未聚】

凝视窗外，思向远方。
踱步床前，满腹惆怅。
我试想
彼此应是同样，同样。
中秋的月呀！
你为何这样圆？
世俗的偏见，
阻碍着我们的分享，
难守这千载一遇的情殇。
我的泪飘洒在胸前
瞬时豪情隐遁了坚强。
才华横溢的诗友们
总是心潮澎湃，激情涌荡！
唯美的中秋节呀！
只能在家中守望
吾似虔诚的信教徒
时常为戒律彷徨
无奈于世俗的平庸
淹没了这唯美的月光
让我把一首凄美的诗寄去，
温馨你们的心房。

2015 年中秋雨夜

## 梦

大家做着同样一个梦，
有人的脚下
是个窟窿
有人的脚下
踩着玉石般坚固的岩层
有人追求
五花八门的神通，附贵攀龙
有人追求
真正的勤劳，节俭，智慧与真诚
当，天要塌陷的时候
有人掉进了陷阱
有人却巍然不动
结局偏偏要用事实来做证明
因此脚踏实地与虚幻
有所不同

2015 年 5 月

# 一叶秋黄

沐浴过春夏的阳光
你那浓浓绿绿的靓装
逐渐变成金黄，金黄
秋风呀！
请你放慢脚步
蒙蒙细雨呀！
请你不要撒的太凉，太凉
此时，繁花落尽，鸿雁南翔
送走了花果飘香
迎来了寒意的霜
寂寞的深秋啊！
也使我的彩发变成了稀疏的模样
秋风呀！秋风！
你不要太狂，太狂！
请轻轻脱去我的盛装
挽留些浓重的色彩
再多些时日在空中徜徉，徜徉！
让爱我的伊人在细细打量，打量！
满地的金黄甲
覆盖了我最后的情殇！

2015 年 10 月 20 日

## 遗憾的婉约

尊敬的中国散文诗词协会的朋友们！
我多想与你们同游
踏遍万山，视野彩秋！
可是
由于俗事缠身
遗憾了此次婉约的邂逅
失去了梦想久待的相识
情灭了我欣赏大自然的疯狂雨骤
我多想与诗友们了解石林花海的春秋
兴叹名川瀑布
聆听滔滔泉流
我多想与你们漫步丛林
去寻觅峰峦的最美处
见一见大山的奇珍灵兽
听一听群鸟的啼声啾啾
品一品农家菜肴
赏一赏苗女的舞姿曼妙
陶一陶我们的灵感
书写一下人杰地灵的贵州
在此
我只能带着些许愧疚
遥祝你们登上云雾缭绕的天然氧吧处

吐纳清新，亲近宇宙
到新天地畅游
用您们的灵感和智慧
把大自然的秀美挥就

2015 年 12 月 15 日

## 赞一建公司经理张福生

本是一建一经理，精管理来通信息。
年年争当先集体，不断为企创效益。

解疑答惑破难题，二十年间贡献奇。
工伤事故有残疾，急人之急胜自己。

不光解决眼前的，善后问题善处理。
下岗职工有困难，催促下属及时办。

都让他们有活干，别让职工等着咱。
职工素低有泼皮，子女考学供不起。

还有跳楼自杀的，遇事不惧慎处理。
大事小情常有的，诸多实例不胜举。

看似简单平常事，处理不当出惨剧。
摆事实来讲道理，解决千道困难题。

安民心来为了企，理清这些真不易。
为民办事众赞誉，夸咱一建好经理。

2013 年 11 月 15 日

# 深圳山体滑坡与多日雾霾之联想

一声轰鸣世人惊，无辜百姓，惨死灾难中。
望家园，楼宇栋栋，慎检那有量无质的豆腐渣工程
请不要破坏岩层，渣土乱扔
要层层监管，责任分明。
山体滑坡，是地球给人类的教训。
多日重霾是老天向人类发起了警钟。
尊敬的高统，请不要科技军用来争强好胜，
怎容那试核的硝烟再弥漫天空
更不要学法西斯的张狂，那是罪人一等。
快把你们那疾行的脚步停一停，
关注人类健康，保护生态平衡。
那才是世人必需至高最崇！
因为我们同呼吸，共命运，都是宇宙的精灵
所以要捍卫人类的净土与和平。
让人类安居乐业的生活有个保障，
少些惊恐！多些安宁！

2015 年 12 月 26 日

# 国庆盛况

浩队凯奏新乐章，六十华诞庆辉煌。
人编巨坊花无限，红字口号在中央。

省市彩车齐争艳，经济发展冲在前。
繁荣市场农村献，城市工业更超前。

肃列军容雄百万，横竖且看一条线。
铁甲成辉新型弹，国防建设大于天。

全国人民心向党，生活富裕奔小康。
神七飞天走太空，愿国统一更富强。

2009 年 10 月 15 日发表于一建公司报

# 参观李大钊纪念馆有感

革命先烈志英豪　肃穆遗像汉玉雕
碑林领袖题词悼　丰功伟绩展馆标
宏韬伟略品行粹　百般酷刑心不摇
头颅可断意念定　永垂青史天下昭

2010 年 7 月 20 日

# 忆汶川地震

汶川地震罕天灾，人畜伤亡财富埋。
瞬间家园成梦魇，世人瞩目牵情怀。
海陆三军援兵至，送来衣食把路开。
救死扶伤献大爱，白衣天使入川来。

全国鼎力共囊助，生死时速险象排。
重整河山家园建，华夏壮歌震九垓。

2012 年 12 月发表永康诗刊

## 赞友人出国考察小记

飞越万水千山，横渡大洋彼岸。
领略异国风情，考察大厦摩天。
谁说借机观光，你签亿元大单。
谁说顺道旅游，你立奇功非凡。
为了祖国强盛，筹划宏图再展。

2012 年 12 月

## 贫富管窥

宝马雕车香满路，步履自行夜归宿。
同是时代弄潮儿，天地悬殊怎敢怒。
是否智慧还不足，加倍努力踏征途。

2012 年 12 月

## 必胜客聚餐抽奖有感

钱柜夜宴歌仙驻，笑语盈盈装满屋。
仕女相呼翩翩舞，喜获大奖良宵度。
愿摘来年新桂冠，团结协作跨征途。

2012 年 12 月

倩·影·清·风

# 员工聚会

清音伴舞品佳肴，怡心淡雅品味高。
首首清歌陶心境，曲曲雅韵庆今朝。
千姿百态舞蹈美，万种风情难画描。
百忙相聚皆不易，师徒赛歌热情豪。
工作紧张相互照，欢娱轻松乐逍遥。
贤人辈出聚日少，念系友情恋今朝。

2013 年 9 月

# 谢我家的租房女蔡晶晶

萍水相逢意难忘，租房少女热心肠。
我遇腿伤痛难当，雪中送炭帮疗伤。
跑前跑后租车忙，挂号取药进病房。
做好美食飘幽香，暖意绵绵情意长。

2013 年 9 月

# 静夜听

枯枝干叶起秋风，虫搅寒夜天籁鸣。
夫君酣睡入美梦，吾身腿痛夜难宁。

2013 年 10 月

# 贺女儿霍明璐和马海涛新婚之喜

寒舍民女步殿堂，恩爱无边蜜永长。

澎湃大海他主航，光明道路任徜徉。
永结同心天地久，百年好合乐安康。
互敬互爱家国好，福慧双修爱无疆。

## 农民工之歌

君自遥远小山村，来到北京做工人。
单位培养学本领，德才技能溶一身。
不怕苦累搞建筑，爬高攀顶功夫深。
钢筋横竖强筋骨，青砖碧瓦显精神。
楼宇林立成闹市，名厦铸写中华魂。
抛家舍业为祖国，企业振兴献青春。

## 幻境西湖

湖光山色映翠楼，倩影涟漪驾渔舟。
清风微拂荷花露，雾霭岚烟美景稠。

## 儿时自勉

扬名立万早崛起，年幼无知苦修习。
好嬉无益年虚过，老来悔恨只莫及。

倩·影·清·风

# 学习刘炽王日富老师诗歌有感

拜读老师美诗篇，如品李杜醉陶然。
字词灵动有风骨，穿越时空思万千。
妙笔生辉著佳作，信手拈来数百篇。
不愧当今弄潮者，辉耀诗坛世人瞻。

2014 年 3 月

# 赠李仲玉老师二首

## 拜年

马年吉祥岁月娇，旺运常走步步高。
心存豪气执笔妙，百岁有余也不饶。

## 读李仲玉老师《艺术家庭》有感

智慧高深运帷筹，祖国山河尽望收。
丹青秀美笔泼墨，名垂青史贯千秋。

2014 年 3 月

# 谢侯嘉亮老师赠书

天之危难觅其缘，乡谊互助聚其间。
学海无边凝智慧，侯老风范感苍天。
大爱友情扬正气，浇灌知识开源泉。
你是灯塔引航向，播种文化美名传。

2014 年 3 月

## 游东戴河观沧海

东临碣石沧海观，烟波浩淼际无边。
层层碧波拍堤岸，万顷巨浪卷沙滩。
五色彩石炫眼目，水清赤足洗天然。
玉龙叠起水中嬉，沙鸥翔集半空悬。
海日徐徐升残夜，嫦娥奔来月影添。
星汉灿烂入表里，赤县高歌艳阳天。

2014 年 5 月

## 游植物园

迎春展枝目尘埃，编坐花篮道边开。
四季鲜花开不败，请到植物园中来。

## 百花赞

桃李争艳引蝶蜂，丁香兰花散如星。
暮春才过入夏季，石榴花开一点红。
牡丹怒放迎远客，芍药花隐绿葱茏。
徜徉园内忘归返，赏花玩景乐无穷。

2014 年 5 月

## 阳春三月

春光明媚三月天，日照清流水潺潺。
桃夭李艳杏花妍，桥旁酒肆过舟船。

风筝腾空牵一线，紫燕翩飞话呢喃
祥云五彩多缭绕，徘徊青山绿水间。

2013 年 3 月

## 麦乐迪员工会侧记

金碧辉煌耀眼帘，欢歌曼舞乐翩跹。
山珍海味任君选，问客别有洞中天。

2014 年 5 月

## 如此孝顺

### （一）

平时衣食保暖难，病榻久卧泪涟涟。
巧取豪夺财与物，媳送婆葬嚎冲天。

### （二）

默默无言勤和俭，节省衣食供婆先。
暖粥热菜二十载，体贴入微乐绵绵。

2014 年 5 月

## 守丧

婆婆病逝七月天，千里闻讯一日还。
玻棺弱电院中央，尸起尸落众胆寒。
大嫂见母出影像，二妹见母泪涟涟。

大哥办丧谢劳忙，丈夫携女睡房上。
亲友躲进屋里边，夜半谁来守灵前。
自告奋勇我当先，废寝忘食怎乞怜。
抬头仰望星月暗，低头棺内婆母眠。
恋母一生时光短，送母一程宵达旦。
尸骨未寒土未干，金银细软全散完。
二十四孝我汗颜，分文未取心坦然。

2014 年 5 月

## 读《玉韵琴声》有感二首

玉韵琴声一方舟，常施善心大爱投。
革命家庭彰锦绣，为国奉献写春秋。

### 【其二】

少小离家军旅投，救死扶伤大爱修。
《玉韵琴声》播天下，甘洒热血美名留。

2014 年 12 月

## 忆母

举碗讨饭归，舔犊把儿喂。
母瘦常晕厥，但愿我儿肥。
耕犁手儿推，憔悴疲惫回。
孩儿鞋漏趾，织补三更寐。
春节家家喜，客来愁酒席。
亲人团聚日，包饺半夜里。

倩·影·清·风

母患脑儿瘫，稀粥难下咽。

解便塞肛间，老来且更难。

总因工作忙，未曾照顾娘。

如今娘故去，悔恨思更伤。

劝君勿忘母，回归添墓土。

不怕路途远，闲来我做主。

2014 年 3 月

## 祖国的希望

六岁儿童不简单，寒窗苦读不畏难。

争分夺秒赶时间，卯时而起庚时眠。

奶奶送学爸爸管，患病仍把学来念。

小小年纪意志坚，长大为国做贡献。

2014 年 5 月

## 迎新春

骏马飞奔迎新春，亲友畅饮醉断魂。

借问天堂何处有？华夏儿女沐党恩。

2014 年 5 月

## 早春

风吹杨柳吐枝芽，雨沐桃李娇艳花。

暖催薄冰应时化，万类动植勃机发。

2014 年 5 月

## 春回大地

天空雾霾尽消退，大地春风暖气吹。

蓝天白云阳光媚，碧水悠悠山川美。

去暖南雁已北归，歌声悠扬人鼎沸。

柳花飘絮杨花缀，桃李娇艳蝶翩飞。

2014 年 5 月

## 惊愤

煮豆燃萁点火烧，冤冤相报天不饶。

通情论理走正道，冰释前嫌怨气消。

## 必胜客职业生涯

五年光阴过，爱职必胜涯。

迷茫惧途远，老迈诗兴发。

结此诸善友，互助靠大家。

争先来邀我，心内喜开花。

征途远也罢，盛情难负她。

老骥仍伏枥，再度跨战马。

2013 年 11 月

## 人生哲理

人生诸多不如意，酸甜苦辣皆经历。

虎落平阳被犬欺，贵人相助己努力。

齐心协力创佳绩，同苦同乐同友谊。
困难面前不逃避，灾难降临能撑起。
多福多碌把善积，品学兼优耀门第。
一身正气行大地，体味人生之哲理。

2013 年 4 月

## 赠刘炽诗友

少小离家依梦追，今逢佳节故乡回。
亲朋好友来相聚，畅想半世英雄谁。

2013 年 5 月

## 对宽街医院感赋

晴空万里云飞去，宽街医院有名气。
芸芸病患来就医，排队挂号有秩序。
验血拍片找病因，分科诊治问明细。
望闻问切施妙方，药到病除享美誉。

2014 年 6 月

## 反腐倡廉

吃喝嫖赌或成风，贪污受贿罪应惩。
反腐倡廉天下治，号角奏响警钟鸣。
过滤沙海去污横，自查自检自严明。
遵守法纪全民动，老虎苍蝇悉归笼。

2014 年 6 月

## 赞习主席【念奴娇】追思焦裕禄

勤廉而勉杰出袖，悲先励己百姓筹。

科技打造中国梦，沙海污横变绿洲。

肝胆相照安社稷，百折不挠苦作舟。

励精图治康庄道，造福人民功千秋。

2014 年 6 月

## 歌颂建工集团

建工集团是国企，发展科技在信息。

电脑运算绘图纸，效益翻番事迹奇。

摩天大厦平地起，楼堂馆所任高低。

业绩辉煌党指引，换回美元颁锦旗。

2012 年 3 月

## 自画像咏叹

原籍香河县，生长璞头屯。

接班京城里，蜗居安定门。

永康诗社进，东图来学文。

学识功底浅，奋读听鸡闻。

故里情更恋，难改旧乡音。

畅想中国梦，朝朝沐党恩。

诗书歌盛世，略表爱寸心。

2014 年 6 月

## 品读

老师一文夸了了，品章如醉欲仙飘。
美尽词华亮其耀，叹遇世间才女少。

2014 年 9 月

## 我的故乡

放眼瞭望麦浪翻，一日收割千亩田。
民风淳朴景物秀，家家仓满庆丰年。
香河巨变政策好，谈天说地一挥间。
道路宽阔鲜花艳，大厦林立京津间。
天下一城恢弘建，豪华仿佛故宫殿。
国安球星基地练，企盼冠军梦想圆。
欧式风格西方羡，沙发城里誉满天。
潮白涌动波浪掀，碧波荡漾灌桑田。
庆功万亩荷花园，美轮美幻赋诗篇。
九州方圆非胜揽，且看香河新景观。

2014 年 9 月

## 诗友唱和

桑榆未晚风还扬，唱和诗友聚永康。
咏志抒情歌盛世，争奇斗艳甚芬芳。

2014 年 9 月

## 赞永康诗社

斗室窗明小巷藏，有朋来自京八方。
秋冬春夏风姿艳，银发學诗运笔忙。

2014 年 9 月

## 国庆抒怀

国庆大典降甘露，冰雪溅起蛟龙柱。
炮虽未隆歌无数，锦色添香花篮祝。
天安门上红旗舞，摄影拥挤人驻足。
扬风帆来跨新途，全国上下共欢度。
科技发展奔小康，廉政治国兴邦路。

2014 年 9 月

## 当代美女倩影

白云缠绕半山腰，岁在夕阳谁更娇？
招展花枝风景线，手机微信媚眼瞧。
居家度日安排巧，接代传宗苦功劳。
家小紧连大社会，中国梦里最妖娆。

2014 年 8 月

## 高铁剪影

沃野千里林海茫，铁架飞桥向远方。
空中雾绕连天阙，神州往来任徜徉。

2014 年 8 月

## 贵阳洪灾

贵阳坪坝今遭难，洪水肆虐吞家园。
汽车楼宇水中浸，生命财产难保全。
军队冲锋不畏险，孕妇待产用舟船。
老人儿童送高地，舍身忘死谱新篇。

## 毛主席纪念堂

前有正阳后天安，主墓英碑广场间。
松柏华灯伴君眠，戎马一生定华天。

2013 年 5 月

## 抚州抗洪

五十年一遇大洪灾，淹没抚州上千宅。
十万转移无一亡，史无前例记录摘。
运石卡车长龙排，唱凯大堤封口埋。
军民协力齐奋战，万众一心国安泰。

2012 年 6 月

## 廉洁从政

党为民谋福，勤廉不惧苦。
是非不糊涂，灾难不却步。
官与民同处，吃喝荤变素。
纲纪同遵守，法理维正路。

知识论高低，贤德拔俊处。

不为钱之奴，不为己之禄。

清廉要持久，为国守门户。

2014 年 5 月

## 盛世中华

文明古国最华夏，誉满天下蕴文化。

摧毁略强辱践踏，中国诞生真伟大。

百业待兴机勃发，万事顺达建中华。

千山之巅俊挺拔，万水奔流森浩大。

江南美景西湖醉，北国风光成佳话。

昆明博园国际化，桂林山水甲天下。

上海博览锦添花，青岛大连环境雅。

华夏民族正振兴，万千美景难描画。

农业生产机械化，城市信息进万家。

疑难杂症ＣＩ查，病有所医何需怕。

老有所养享晚霞，闲趣跳舞谈诗画。

上亿学子遍天涯，百万博士京门跨。

地铁连线数条发，京郊八区皆通达。

包容厚德考大家，爱国创新责任大。

奥运圣火燃华夏，百万雄兵卫中华。

神十九天来接洽，航母洋底潜雷达。

科技打造中国梦，兴国兴邦兴天下。

2014 年 2 月

## 七七事变

神州遥祭，声讨鼎沸。勿忘国耻，扬我国威。

泱泱大国，贤才英辈。缅怀先烈，天堂告慰。
中华崛起，今非昔比。铁甲生辉，森严壁垒。
众志成城，领土捍卫。如有来犯，必当击溃。

2014 年 7 月 7 日

## 鲁甸地震

鲁甸地震罕天灾，地裂山崩人财埋。
心乱如麻废墟望，泪眼汪汪咽无奈。

新闻记者实况采，冒险传播九州哀。
瞬间家园成梦魇，党和人民牵情怀。

救援队伍长龙排，巨石滚落道路塞。
昼夜兼程忍饥饿，冒雨抢修不懈怠。

八旬老人深坑埋，命悬一线在等待。
争分夺秒来抢魂，手烂指红添风采。

新疆小伙糕食载，神州大地善根栽。
人民军队排山海，大爱筑起新山寨。

2014 年 8 月 3 日

## 雾蒙蒙，我宜行

远眺如黛，近距如碧。
林海如倒，飞车如疾。

浓雾弥漫，风和日避。

气爽神宜，如置画里。

繁华落尽，喧嚣远离。

魂飘天外，心系故里

京城移步，赏花而去。

荷花百亩，香河寻觅。

2014 年 7 月

# 荷花【三首】

## 其一

千万碧伞展池间，粉白相莹碧波悬。

莲莲相诉清心苦，污泥虽浸节未染。

## 其二

婀娜多姿池中嬉，粉面玉颜婷婷立。

风华难掩心中苦，生来便陷泥潭里。

冷眼观世辩端倪，洁身自好诚可惜。

我怜荷花美娇姿，谁弃荷花茎入席。

玉洁身碎心甘死，奉献人民谋利益。

## 其三

百亩荷花岂止观，经济开发创财源。

洁身玉碎人民献，香魂一缕佳肴添。

2014 年的 7 月，我去香河县庆功台村，看到这里有上万亩的荷花，就问这里的村民，你们种这么多荷花都是用来观赏的吗？村民告诉我说，你看那个牌子上写着"经济开发区"，这是县里的惠民政策，在我们这里搞试点。花可观赏，莲子入药藕可食用，主要是为农民创收。

2014 年 7 月

荷花赞（一）（三）登载《新视野》诗文精品选读②130 页。

# 游野三坡二首

## 游百里峡【其一】

赤壁巍峨万重山，层峦叠嶂遮青天。
弯弯山路盘空际，幽深峡谷水清寒。
仰望峰巅白云绕，百里峡景赏奇观。

## 百里峡行【其二】

两山耸峙一线天，蜿蜒崎岖路不坦。
瀑布直下声震响，空谷清幽听流泉。
鸭子嘴出蟾蜍见，过了虎口会神仙。
登上天梯挑极限，坐上缆车周景观。
巍峨青山环四面，空中飞人觉惊险。

2009 年 7 月

# 品味

倦累休乐添，饥饿品食甜。
懒惰时觉漫，别离隐悲惨。

2014 年 6 月

# 厨艺大观

百花齐放盘中餐，厨艺高超展奇观。
天下宾客来相聚，极品佳肴在舌尖。

2014 年 6 月

## 谢香河文艺编辑部张玉清主席赠书

作家光景再推新，大浪淘沙细滤金。
律诗格韵严谨深，简明扼要叙当今。
追梦贤才赏品乐，天下风物采奇闻。
缠绵文赋藏锦秀，入室登堂孔圣门。
主席赠书获至宝，香河荣幸有知音。

2015 年元月

# 自勉二首

## 【其一】

人生唯知周，莫忘往日愁。
怎敢学纨绔，不向虚荣求。
勿贪攀高位，更无屈内疚。
勤勉学时秀，德才铭道修。

## 【其二】

人生旅途多愁颜，坎坷道路世事艰。
幼年丧父孤独苦，含泪无依心更酸。

莫道前程志气短，奋斗不觉处世难。

自勉拼搏须努力，光明道路在前边。

1983 年 5 月 8 日

## 咏志诗

勤学好问常修习，天外有天莫攀比。

循序渐进志不移，淡泊名利安心剂。

书写人生陶情趣，文坛翰墨连友谊。

祖国山河万象系，评赏大作叹神奇。

2015 年 10 月

## 风卷残云励心声

一夜狂风，漫卷秋容。气温骤降，已是隆冬。

孤灯伴我，长夜难宁。回首往事，坎坷人生。

满腔热血，感赋苍生。悠悠岁月，半世浮沉。

险些逝去，遗憾终生。

耳闻涛声，如敲暮钟。抬头望柜，书卷重重。

智慧引领，揽卷难扔，勉我努力，催我奋行。

2014 年 12 月 30 日晚，大风

## 好兄弟地久天长

一个好汉三个帮，独放奇葩难芬芳。

兄弟互帮齐努力，吟诗作画赋诗章

相互勉励共奋进，推杯换盏话绵长。

今生无缘配成双，来世化蝶伴鸳鸯。

2015 年 3 月

## 赞六院医护人员二首

### 其一

京城名医六院多，悬壶济世胜活佛。
救死扶伤真本色，有口皆碑美名播。

### 其二

高山流水清清泉，斩草除根去病患。
大爱无疆术精湛，精心护理亲如眷。

## 赠病友

疼痛煎熬难忍耐，病魔侵入地狱开。
咬紧牙关随它去，厄去自然好运来。

2015 年 3 月

## 网友互动

轻轻问候语，浓浓肺腑言。
感时花溅泪，情暖遍人间。
孤寂心中苦，闻言腹内酸。
畅谈心声会，网络亦缠绵。

## 网友唱和

众家仙子网中游，唱和佳作胜春秋。
亦真亦幻如临境，妙语连珠美景稠。

## 春之韵5首

### 途经北京南二环护城河

处处莺啼春来早，挑红李艳分外娇。
南岸风景唯独好，北堤临波闲垂钓。

### 其二

烟雨朦胧三月天，花红柳绿菲陶然。
百鸟临枝啼不住，造化自然天地间。

### 其三

碧柳纤纤迎风摇，雪染胭红园中飘。
丁香袭人海棠瘦，人声鼎沸闹春潮。

### 其四 暮春

春风得意不怜惜，枝头残花落入泥。
百鸟不解翠柳啼，缘何绿肥红又稀？

### 其五

樱花三月满京春，游人如织欲断魂。
桃花片片妆粉尘，碧柳纤绦入波纹。

2015 年 3 月

## 乘坐地铁有感

繁华宫殿兮地府游移。幽深洞穴兮绵延万里。
门启转换兮光影陆离。心驰神往兮电掣风驰。
交通便利兮时代称奇。欢呼雀跃兮中国梦里。

## 服务宾客有感

人多勿烦耐等待，一条长龙已排开。
按部就班往里带，秩序井然好安排。
文明用餐互礼让，包容厚德畅情怀。
友善结交天下客，优质服务君再来。

## 缅怀邵逸夫

逸夫之举，万人敬你。
献身公益，捐献数亿。
大楼叠起，感动至极。
榜样行为，当入史记。

## 解脱

凌云壮志空驾侯，托病之躯不可休。
多为人民谋福利，更有诗书解前愁。

此人乃单位一位劳资科长，才华横溢，书法绝伦，不到退休
年龄且带病坚持工作，兢兢业业。

## 瑞雪庆丰年

乙年初二炮声隆，天上彩虹地沸腾。
银花飘散满星空，报喜来年庆大丰。

## 征途

要想名当著，惜时常奋努。
为人躬谦让，勤廉做公仆。

## 北海公园

烟雨朦胧三月天，临波观光过舟船。
桃粉李艳杏花雨，桥旁酒肆歌舞翩。
丁香袭人清爽送。紫玉参半彩云间。
禅道佛修经声远，喜鹊临枝话呢喃。
霞光普照金万缕，海边林荫访桃园。

2015 年 3 月

## 冷遇

繁花似锦逐香尘，流水无情草自春。
善男信女言春梦，梅花恰遇雪纷纷。

2015 年 4 月

## 游园

小园美景春色深，繁林摇曳影沉沉。
轻歌曼舞瑶琴弄，皓月初照催簿云。
微风送爽怡清新，兰花欲谢恐难禁。

2015 年 4 月

## 自喻

清心傲骨自有时，一片担心总不知。
水流花落随缘去，禅道伴我节操持。

2015 年 4 月

## 入夏

万紫千红竞逍遥，春风过后青杏小。
无声细雨万物润，脱去红装换绿袍。

2015 年 4 月

## 天路

铁架飞桥通天际，天梯横跨云雾里。
行路之难成过去，而今华夏筑奇迹。

2015 年 3 月

## 倩影清风

清风吹沙去，日月迎福来。
感慨话时代，荡胸亦舒怀。

## 其二

桃李芳菲梨花俏，不觉岁月晚霞邀。
只愿春色常留住，倩影清风入琼瑶。

2014 年 5 月

## 云舒云卷

霞光铺射千里展，大地万物朝阳羡。
层云喷吐卷万丈，青山绿 i 水踏自然。

2014 年 6 月

## 读《时代杂志社》社长王平华女士的书有感

看似平常话，蕴含道理大。
文学功底厚，书香乃世家。
前朝知历史，今朝铸奇葩。
资深兴文化，不见她自夸。
唱响中国梦，时代播天下。

2015 年 5 月

## 赞女儿女婿二首

雍容仪姿心豁达，外能管理内持家。
自娱自乐学文化，孝敬父母人人夸。

### 女婿

温文尔雅品自佳，三尺讲台展才华

杏林平时多辛苦，为国奉献育新花。

2015 年 5 月

## 谢人寿保险公司邀请旅游莲花山

人寿旅游莲花山，登山寻宝趣味添。
远山如黛近湖边，主客联谊共欢颜。
回到营地来野餐，人寿保险多宣传。
防患未然意识先，多创业绩多签单。
人生坎坷多危难，帮助百姓度险关
虽然劳苦心内甜，确保家家都平安。

2015 年 5 月 16 日

## 菜园施肥（东北老叔）

农家院里蔬果鲜，七十不老在田间。
精心施肥常浇灌，赏心悦目身康健。

2015 年 5 月

## 摘樱桃

樱桃树上果连连，玛瑙串串数不完。
摘满筐儿添趣味，愉悦心情乐陶然。

2015 年 5 月

## 农家车库

自家门前有车库，遮蔽风雨不落土。

情 · 影 · 清 · 风

省城途远能购物，旅游观光不犯怵。

2015 年 5 月

## 游石花洞二首

辞京万里达天边，仙洞闻名在眸前。
美玉怪石多璀璨，奇花异草壁边悬。
天生仙洞灵霄殿，剔透晶莹耀眼炫。
漫步流连堪浪漫，我身融入桃花源。

### 【其二】

天生宫殿地府开，鬼斧神工圣手来。
美玉新妆满含笑，奇石畅饮开胸怀。
热泪飘洒成冰柱，冰雕玉嵌不胜裁。
众仙畅饮游四海，万紫千红盛世载。
剔透晶莹不染苔，色彩斑斓堪我爱。
美轮美奂仙境在，万里不辞游此来。

2015 年 7 月 8 日

## 端午祭贤

大地含悲念圣贤，昭彰历史辨忠奸。
滔滔江水流不尽，屈原美名天下传。
粽子飘香四海延，秧歌战鼓赛龙船。
一年一度端阳宴，共唱九州华夏篇。

2015 年 6 月 20 日观锦江龙舟赛作

# 山东古街

山东古街记前朝，状元榜上美名昭。

牌楼林立长街矗，文贤武威气英豪。

雕龙画凤祥云绕，弘扬文化品位高。

扁联蕴含无穷道，勉励后人取荣耀。

2015 年 5 月 20 日

# 九龙峪风光四首

九龙大美好风光，层林叠嶂万里茫。

生态氧吧天然享，远山如黛近农庄。

## 其二

九龙文化展雄风，翰墨诗书竟华荣。

文友联谊同勉励，中国梦里新出征。

## 其三

九龙马路宽又广，梧桐翠柏列两旁。

袭人香气哪里来？果园幽在农庄藏。

## 其四

五月骄阳别样红，九龙刮起赛诗风。

神州词客显身手，海内大家皆豪英。

2015 年 月 日山东笔会

## 赞王志刚老师

文学博采他堪妙，志向高远气英豪。
别人著书他作序，文坛大笔展头角。

2015 年 5 月

## 赠肖学海老师

以书为伴诗为友，潇潇洒洒解忧愁。
大鹏展翅腾苍穹，学海无涯苦作舟。

2015 年 4 月

## 谢周光炜老师赠墨宝

周老风范感苍天，德高望重义当先。
倡导和平人人赞，骂的倭寇惨无颜。

2015 年 5 月 17 日

## 高考时节麦收忙

高考时节麦收忙，双雄皆把高分抢。
一个卷上红勾满，一个高产多打粮。
杏林浇灌平时苦，丰收时节不感伤
国纳栋梁家满仓，祖国到处喜洋洋。

2015 年 6 月 9 日

## 谢王日富老师赠书

夫唱妇随感情深，佳作频出赞誉纷。
字词灵运有风骨，秋水文章不染尘。
歌颂祖国山河美，赞誉友人感情真。
社区公益常参与，军人风范壮诗魂。

## 参观贵州织金洞有感

天安宝殿在人间，福地洞天织金县。
要给世界留遗产，美丽故事天下传。
灵霄宝殿地府搬，王母集会众仙见。
众神皆说人间好，仙境唯美不返还。
玉皇大帝下令召，鬼斧神工把洞凿。
凿成童叟开口笑，婆媳情深尽孝道。
流光溢彩榕发芽，晶莹剔透铁树花。
精雕江山美如画，细琢美玉砌宝塔
广寒宫殿堪胜寒，嫦娥奔月在人间。
莫用登天地府瞻，惟妙惟肖映像还。
仙境胜景多文化，美誉传颂我中华。
感谢宾客来游览，福地洞天传佳话。

2015 年 8 月 13 日

## 鸡场乡人的愿望

绝壁断崖万丈悬，清幽峡谷淌甘泉。
梯田环绕农家院，淳朴民风友情添。

秦家饮水用吸棉，守候大山上百年。

小道羊肠滑又险，蜿蜒陡峭难攀援。

大山宝藏资源繁，生态氧吧四季鲜。

盼望贤人来款赞，绘出美好新家园。

千条隧道繁星闪，建设祖国大万千。

思属流连常忘返，赏观仙境在人间。

2015 年 8 月 13 日

## 贵阳界上有仙山

峰峦叠翠万仞山，尽染层林云雾漫。

遥望众山我欲仙，身临画卷赏奇观。

2015 年 7 月 20 日

## 纪念抗战暨反法西斯胜利 70 周年——阅兵有感

抗战胜利七十年，反对侵略声震天。

倡导和平世界赞，普天同庆共联欢。

浩乐凯奏歌舞翩，星空璀璨映人间。

阅兵盛况堪空前，扬我国威民魂撼。

肃列军容雄百万，横竖且看一条线。

巾帼须眉共舞剑，战机翱翔艳阳天。

铁甲生辉新型弹，国防科技在前沿。

旌旗猎猎众志坚，所向披靡鬼胆寒。

2015 年 9 月 3 日

# 京城一景

南锣鼓巷古风存，幸居临街脸有尊。
京味十足琳琅满，荣获远客赞誉纷。

2015 年月

# 国庆抒怀

问鼎苍穹风雨寒，那堪人间情更暖。
今夕二零一五年，国庆喜连九月三。
琼浆玉液频频盏，万家灯火照无眠。
九州红旗似火焰，歌舞升平欲魂牵。
鲜花锦簇如桃源，科技引领在前沿。
年年且把今宵庆，国富民强盛世篇。

2015 年 10 月 1 日晚

# 图片印象《赞友人颁奖而归》

一刃利剑十年磨，今日彰显杰出作。
颁奖而归多兴致，挥毫再续赞誉多。

# 十年相约

曼妙之境有你我，倩影清风共婆娑。
年年莫忘今日歌，不叫岁月负蹉跎。

2015 年 0 月 日

## 流感妙方

甲午年，天异常，严冬无雪又无霜。
天晴暖，风偶狂，雾霾骤袭人遭殃。
老人咳，幼寒伤，频染时疾医护忙。
不要急，不要慌，科学医治科学防。
听广播，观气象，增减衣服不着凉。
常食素，少餐粮，多食蔬果多喝汤。
常运动，卫生讲，劳逸结合体魄壮。
国家兴，匹夫祥，大众健康有保障。

## 赠诗友老有所为

小屋虽简诗兴浓，畅游诗海赋新风。
天道酬勤需努力，不做贪享一衰翁。

2015 年 5 月 17 日

## 与邻居同庆"十一"

邻家有朋自天津，专会师友陈倩清。
畅谈心声意浓浓，小聚家宴在晚厅。

## 冬游环城公园

稀疏杨柳云雾流，园内草松绿幽幽。
众疲奔波为财谋，疾驰车列何时休。
神仙都说人间好，哪知人间五味愁。
钱多无用行善事，钱少心安自在游。

2015 年 12 月 26 日

## 赞诺奖获得者屠呦呦

神医古有扁鹊翁，才女今显呦嘶鸣。
若引骏马播蒿草，欲招凤凰植梧桐。
尝遍百草己先行，深研医学硕果丰。
中华罕见此娇容，荣颁诺奖世豪英。

2015 年 12 月 26 日

## 人生志趣

人生感悟叙成篇，笔秀文清绘自然。
莫道才疏根底浅，今朝努力肯登攀。

吟诗唱和添乐趣，岁月蹉跎友共勉
漫游山河别洞天，曲径通幽乐桃源

2015 年 8 月

## 植树节有感

落叶留魂岂惧冬，草木萌蘖舞春风。
夏日炎炎送碧伞，秋风飒飒传果丰。
杨柳婆娑舞曼曼，桃李飘香唱盈盈。
三月人间植万树，阳春大地影千松。

2016 年 3 月 12 日

倩 . 影 . 清 . 风

71

# 购书包

**注解：**有一个湖南文友寄来二百元钱，要我在北京为他买二十五元一个的布书包，包上印有【为人民服务】字样。我说：你们局级干部为何不买上百元的公文包而买此简朴小包？他说：我们经常下乡，有个能放笔和本的包就行。我说：你们真不愧是人民的好弟兄，要做一个苦行僧。我赠你们两首小诗加以勉励。

天涯海角若相邻，党群关系一家亲。
牢记终生有使命，寄去公仆座右铭。

# 勉励

爬山涉水进寨中，登门拜访情意浓。
勤政为民众欢迎，廉洁奉公献终生。

2015 年 2 月

# 咏立春

昨日冰上走，侧岸疏杨柳。
春姑欲抬头，万物不扣首。
新年贴福字，迎过瑞金猴。
百花正孕秀，鸟儿也啾啾。
晴空浩万里，雾霾偷偷溜。
炒一盘芽菜，烫一壶好酒。
烙一叠春饼，飘香满九州。
春意也盎然，乾坤皆锦绣。
和谐庆盛世，美哉度春秋！

# 北漂，打工仔

打工苦又难，辛苦难赚钱。

抛家又舍子，父母在天边。

老板施颜色，挨骂迎笑脸。

人把雕车坐，仔来徒步碾。

守人把盏欢，仔躬旁边站。

不分昼和夜，辛苦来加班。

不惧冷与暖，那顾饥即餐。

租眠一陋室，蜗居在小院。

男泪不轻弹，贫苦意志坚。

家国任在肩，虽苦也心甜。

2016 年 2 月 20 日

## 纪念周总理逝世四十周年

总理呀！总理！

祖国人民纪念你！

从南征到北战，

从定国到安邦，

你为中华的崛起立下了不可磨灭的功绩！

总理呀！总理！

祖国人民想念你，

四十年间无一刻忘记，

你庄严的面孔，

你慈祥的微笑，

早已印在全中国人民的脑海里。

你操守的两袖清风，
你为国的鞠躬尽瘁。
这样的德与行让世人佩服的五体投地！
虽然你的骨灰洒向了大海，
可你的灵魂却弥留在天地
你澄清了大海中的污泥，
你鄙视着曾经的无产者，
变成了金钱的奴隶。
中国梦里，
人民多想寻觅，追回你的足迹……

## 十字诗，卫星奇观

乘一架飞船上天，
坐二人相伴
见三江涛浪
望四海家园
越五岳锦绣河山
驾神六探访
去与七星北斗说再见
秒行八千里只是瞬间
九州方圆已揽
超越时空奇迹现
天上与人间，何以测算，几日能返。

2013 年 10 月

# 员工会餐

午夜寒，营业束。灯光影里，结伴步途。钱柜剧场驻足，动听歌声无数，谈笑风生盈满屋，相伴结缘翩翩舞。品美食，赏歌舞，大奖我当属，携手踏征途。创佳绩，店荣殊。盼明年，良宵美景共欢度。

2011 年 12 月

# 网中行

网中行，如履薄冰。道义行，赞誉同声。
诽诈行，罪恶应惩。辩论性，谨言慎行。

# 网中言

天之大，难觅其缘。网之小，相聚其间。海之阔，任游无边。

天之蓝，硝烟尽散。容之大，扬长避短。德之悖，兄弟相残。

民之拥，廉政从俭。

# 马年腾飞

爆竹声震远，色彩斑斓入云端。今夕是何年？马跃腾飞捷报传。

英才俊秀选，人大召开聚圣贤。改写新纪元，献计献策谱新篇。

科学促发展，小康生活推向前。神十窥人间，九州欢歌庆丰年。

2014 年 8 月

# 文革浅忆【自度词】

一声惊雷，彻云霄，文革惨案得昭。惊天动地翻大潮，亿万人民欢笑。

忆当年，文革惨案，胆战心又跳，小小村庄劫难逃。吹错号角，是非颠倒，暗罩华夏风雨摇。高喊口号，游街戴帽，地富反坏成分高，人装麻袋河里抛，高凳踹翻不能叫。划清界限最重要，儿打娘亲喝毒药。颈挎破鞋，胸前摇，秀女受辱来上吊。半路截，名誉扫，夜宿牛棚蚊虫咬，忍辱负重保家小。

拔刀自刎倚天笑，魂与浊世消。

拨乱反正，党降妖，春回大地阳光照。依法治国，康庄道，科技发展最重要，讲究文明，懂礼貌，和谐盛世多美好！

2014 年 4 月

# 爱在老年学堂有感

少年寻梦当自强，严师深教入学堂。顺理成章皆栋梁，而今老矣，步履蹒跚，路维艰，立志在争强，卧薪尝胆，老迈更张狂。

鬓已染霜，脑儿忙，键盘跳舞忙。为知天下大事，一日且把十日当。为国分忧，灯下笔耕赋诗章，荡胸激昂，老有所为快赶上。

## 玉楼春，【答刘炽老师与黄淑莲老师唱和】

月色满京春，繁华锦簇共断魂。好个假日堪把盏，芳樽。登楼倚窗依南寻。

此意与谁论？独倚栏杆看燕群。深情网络友谊存。莲君，一向天涯若比邻。

## 高考时节有感

十年寒窗，一日显，且把诗书藏胸间。晓看平步登天，愿解东风只等闲。

彻夜苦读，鸡晓难眠，怎敢青春怠慢。读破万卷，挥就千篇，严师高教已肯钻。

题海如山，别人见了，难，难，难，我自披荆斩棘，一道一道过险关。只不过层云补断山。拨开云雾，顶峰现，我威坐其间。

举国欢庆，栋梁选，卷上红勾满。把酒谢苍天，师与父母尽欢颜。

情·影·清·风

77

# 去永康诗社学习

逢人借问春归处，遥指雍和烟树。收尽落花残雨，吟诵黛玉赋。

游人不解留影驻，漫惹闲愁无数，踏青缘何来去？吾说求学路。

2014 年 5 月

# 暮春叹花

枝留残瓣青杏小，花落知多少？沐浴清风万物润，春与夏日交。

知音已隔万里遥，人海难寻到。待到秋结硕果时，慕名来相邀。

2014 年 5 月

# 中秋遇难

甲午之年，中秋顾盼。半边银辉半边暗，疑似狗吞月儿圆？怎奈知，雪打灯笼庆丰年。

几人归去，几人圆，余亲赛神仙，人定胜天，军队援，抗震救灾在前线。

此处无寒人情暖，琼楼玉宇现人间. 月儿圆，美梦甜，大爱筑起新鲁甸。

2014 年 8 月 27 日

# 写作协会年拜会

把酒与师逢，雅趣从容，登峰造极见英雄。唐宋文采今锦绣，领略芳踪。

聚散苦匆匆，遗憾无穷。今与往年盛会同，贺喜明年会更盛，愿邀君共。

2014 年 12 月

# 记录人生

杨花缀，碧柳垂，万物复苏大地回。
草成片，花成蕊，又是一年春梦归。
怎奈何，鬓霜催，青春易逝不可追。
纸成叠，墨成挥，演绎人生不懊悔。

2014 年 5 月

# 西江月，丰收景

绚丽多彩秋天，村前屋后梨园，童叟采摘笑声酣。秋后迎来丰产。

牧童笛声缠绵，牛羊田边撒欢。道旁溪水潺潺，袅袅炊烟无限。

2014 年 8 月

# 夜乘机有感

万里行空，天际游。朗月星明如昼。不知"神十"可在否？相邀到月球。

月宫冰寒，风儿飕飕，似幻吴刚饮，嫦娥舒广袖。月宫凹凸仙却无。仙境唯美，隔太久。李苏诗词赋千秋。千秋回首，那堪比，今儿华夏美景稠，瞭望下苍，长城秀，茫茫碧野遍九州。繁华都市，琼楼修，霓虹闪烁赛星宙，人间多美景，华夏看春秋。

2015 年 5 月

# 调笑令，读书乐

心静，心静，捧书几许引豪情，析古明今由衷。万卷畅享慧丰，慧丰，慧丰，五旬仍需持程。

2015 年 7 月

# 忆王孙，近黄昏

临街高楼凌空耸，灯红酒绿闹市闻。沁幽小院步履沉。近黄昏，槐花飘洒虚掩门。

沁：作者网名神秘的沁心

2015 年 5 月

# 天净沙 · 国庆

怒向狂风劲吼，义薄云天宇宙。伤评史记警否？和平九州！盛典福祉春秋！

2015年9月3日

# 赞主席

一声惊雷拔地起，两个"平"字乾坤移，大锅饭不可取，包产到户人心齐，扔掉锄头机械犁，五谷丰登百姓喜。

改革春风袭大地，万里乌云去。经济赶，科技奇，"神十"走进月亮系，廉政治国和风煦。

2015年8月

# 学习习主席【念奴娇】追思焦裕禄有感

勤廉而勉杰出袖，悲先励己百姓筹。责之伟，任远修，与亿万人民携手，奔走小康路，浩然正气，皎贯宇宙！

2015年5月

# 重阳节 · 雨夜

天苍苍，雨茫茫，登楼望远方，本来重阳祝寿长！为何今夕添惆怅。自古文人多辛苦，废寝忘食著文章，一字千金重，诗书古今长。怎无奈，中年未老鬓添霜。

菊花把酒重阳庆，民身壮，国富强。人杰不老寿无疆，祝君多吉祥！

2015 年 9 月 9 日

# 登　山

车一程，走一程，人往香山那边行。来到山前，望顶峰，层林尽染枫叶红，登山马拉松。

2015 年 10 月 5 日

# 清平乐·闹雪

风云骤变，瑞雪京城现。树挂参差倒影悬。银装素裹炫眼。老幼情趣增添，摄影舞姿翩跹，往返雪泥串串，炊烟袅袅家还。

2014 年 12 月

# 初　雪

冬日初来，看月季枝上，仍红点点。连日飞雪，未肯收尽余寒。晶莹树挂，杂草间，彻铺玉毯。望远处，瓦霜片片，冰雪世界贪看。琼枝玉树，枫叶参差间，仍透朱颜，感谢冬日飘雪，鲜气送人间。

2015 年 11 月 23 日

## 节日登仲玉老师家阳台观景

登楼台四望兮，清假日以消忧。

览斯宇朗阔兮，雾蔓岚烟美景稠。

聚车穿流不停兮，闹街闪灯如宙。

侧岸杨柳垂绦兮，城河碧波粼透。

微拂竹喧婆娑兮，翩翩秧歌扭扭。

老幼游园娱乐兮，往返春夏冬秋。

2014 年 10 月 1 日

# 遵义精神的力量

　　8月3日，当我接到作家报将组织去贵阳织金笔会和参观遵义会址活动的通知时。我非常高兴，便兴然应许。我当时心情有些按捺不住，于当日就去购火车票了。再去购票的路上，我遇见了我的同事刘芳，她了解情况后，欣然与我同往。

　　8月4日早6点我们登上了去贵阳的火车。一路上，过了平原过大山，过了城市过乡村。感觉祖国处处风景无限美好，心灵增添了几多欣慰，尽管坐车时间较长，也不觉乏累。不觉间，到了贵阳站，我感到一阵兴奋和惊喜。我望着窗外的青山，脑海里顿时浮现出毛主席率领红军爬雪山过草地的画面。心想，他们是如何在荒山野岭，饥寒交迫的恶劣环境下，风雨无阻，克服困难，靠小米加步枪打败日本侵略者的？他们为何有如此刚强的毅力？他们的精神支柱是什么？因为他们有信仰，要抗战，要打败侵略者，要解放全中国！

　　我在暗暗地佩服他们勇敢顽强的意志和高尚情操的同时，深深感到自己的落后，惭愧和渺小。我太缺乏那种高尚的情操和境界了。我要向他们学习，在实际生活和工作中磨练自己。和他们相比我们今天的生活太幸福了，坐火车27个小时便可到达，比红军步行不知要提高多少倍。而且我们吃着面包喝着牛奶，生活多么幸福！我们都要倍加珍惜和感恩。

　　很快我们已经到达目的地——贵阳织金的金玉龙城大酒店入住。呀！真是一个鸟语花香、风光旖旎的世界。我陶醉了，我迷晕了。

在次日的早餐桌上，我有幸认识了康桥大校和杨廷欣将军，他们是军旅诗人和书法家。我对他们说，我很崇拜你们军人的勇敢顽强的作风，这是在军队大熔炉里锻炼出的特有素质吧？杨将军告诉我说，"我们军人与你们最大的区别就是不娇气。"

在后来的两天中，我终于感悟到：不娇气的含义。那是在一次旅游途中，我不幸在大巴车上被诗友掉下行李架上的书包砸中了头，当时只感到头有些麻木和晕，没有在意。次日便有些疼痛，我便和别人谈及此事，后来想到杨将军的一句不娇气，我便悄悄隐忍了，我感觉来时是红军精神鼓舞了我，此时，是现在军人气质感染了我。

接下来的活动中，更让我受教匪浅。

那是在去鸡场乡的途中，由于山路崎岖，路远颠簸加上高原反应，作家报副总编祝雪霞瘦弱的身躯有些吃不消，他不时走到窗前，拿起塑料袋捂着嘴，有时把脸贴在椅背上，满车人都为她难受，可她自己在咬牙坚持，还逗大家开心唱歌，她用豁达的心胸，把激情愉悦带给我们，我很受感动。

与此次同行的还有两位知名作家石英老师和凌零老师，他们也是我的楷模，去织金洞徒步要走四个小时，耄耋老人不用搀扶走到终点，令我等年轻之辈叹服。我问凌零老师怎有如此毅力时，他坦言说："一不怕苦，二不怕死。我们还怕累吗?"是啊！老人是军人，老革命家，老英雄，老前辈为国家和人民出生入死，立下赫赫战功，今领其表率，如睹当年沙场之风采。

正当我怀着深深的敬意之情时，我们又参观了遵义会址。刚进大门，一眼便看到毛主席的诗词："红军不怕远征难，万水千山只等闲。五岭逶迤腾细浪，乌蒙磅礴走泥丸。"多么恢宏的气势，多么伟大的胆识，多么英勇顽强的意志，多么豪迈的气魄。他们勇于向艰难挑战，不怕牺牲的精神，撼动鼓舞了我，他们所立下的卓越功勋，换来全中国人民的幸福生活，恩泽了我，我们要牢记于心，把他们的革命精神和光荣传统发扬光大。

人生贵在坚持信念，此次贵州之行，我将永远铭记在心，是红色精神鼓舞了我，也是众多诗友的高尚情操感染了我，归根结底是遵义精神的力量激励大家奋勇前行。这无疑给了我人生中一次美好的修炼。

# 《井然诗意》读后感

我和井老师是在今年四月一日东城文化馆开展诗歌交流会活动中初次相识的。

不久前,我从朋友那里借阅了井老师的《井然诗意》这本书,刚拜读几页便感触颇深,有种像多年老朋友相聚一样似曾相识之感,令人感到十分亲切和融洽。

我从她的序中了解到她很平易近人,为人谦虚和蔼,做事低调不张扬。她愿意和懂她,爱他的朋友一起分享对生活的感悟,对生活的理解,对生活的热爱,对生活的渴望。她写的诗正如她在序中说的话一样,接近地气,接近大众,贴近生活,充满阳光。

她用平凡的语言和文字记述着她的人生经历。我在诗中看到她描述的诸多婚宴场景,各不相同而情趣饱满。她写的异国他乡之旅,所概述的风土人情淋漓尽致,意境优美。她的诗歌语言通俗易懂,无有刻意求新而造作,更无华丽之词而掩饰,虽不细究于韵律,但也不落于庸俗。既吸取了唐宋诗文之精华,又扬吐于现代文学之气息,很富时代感召力。让人读后有如徐徐清风扑面而来,沁人心脾,令我喜欢故对此书偏爱有加。

熟读此书,让我净化心灵,开阔了眼界,增长了智慧。愿她今后能继往开来,频有新书问世,更上一层楼。

品读她的书愿像一盏灯照亮我前进的方向,欣赏她的作品愿乘一艘船引领我们在浩瀚的知识海洋里快速航行。故赋打油诗一首：

倩
·
影
·
清
·
风

## 井然诗意

　　井然一书不自擂，才华横溢妙笔挥。通俗易懂情趣美，诗意百转又千回。

# 人生启迪

2014年的12月26日，是一个特别而有意义的日子，我和李仲玉，王志刚，张玉琴三位老师应邀前往参加纪念毛主席诞辰一百二十一周年暨晓景华德（北京）国际拍卖有限公司举办的2014年冬季书画专场会。

这天早上8点我们一行三人约好从家出发，由李老师义子驾车送往拍卖现场，准时9点，刚到大厅门前，就看到有两排高大的花篮摆放在道路两旁，不一会儿，《时代杂志社》社长王平华女士和一名参展工作人员便迎了过来，他们和我们一一握手寒暄几句后，便一同步入大厅，大厅的过廊处，另有一位工作人员发给我们每人一本画册。再往里走，便进入拍卖大厅。宽阔的大厅内摆放着上百把椅子，椅子上有来自全国各地的知名画家八十余人，早已坐在位子上攀谈着。

大厅的正前方悬挂着纪念毛泽东诞辰一百二十一周年暨晓景华德2014年冬季书画专场会的巨大红色横幅，横幅下面的屏幕上播放着所拍画卷的图片，名称和初始价格。

九点整一位中年男士走到主席台前，随着他的一声锤音，全场肃静起来，拍卖会正式开始。他介绍着自己名字，"本人赵慧民今天由我来主持拍卖会"，随后便是晓景董事长讲话，她介绍来自各大报刊记者和几位嘉宾，后来是由主持人宣读拍卖规则。他说："每一万元的作品，要三百，五百的跳着拍，每十万元以上的作品要一千元，两千元的抬着拍。"这时，工作人员又发给我们每人一个小牌。我发的小牌号码是368号，工作人员叮嘱说："要举小牌进行互动，积极参与。"再拍到一幅《梅头双禽》的画时，我看到此画章法有秩，疏密有序，聚散巧妙，活灵活现神情意趣的小鸟，我非常兴奋，看到别人纷纷举牌，我也高兴地举了起来，让我没想到的是，我举后再无旁人举起，只听一声锤音："368 号成交。"不一会儿的功夫，工作人员便拿来发票和笔要我在上面签字，我一看此画已接近万元，就对工作人员说："对不起，我没带这么多钱，不买可以吗？"工作人员说："没关系。"我暗暗后悔自己不该这么冲动，我又没有实力去买，更没有能力去画。我正在为此苦恼之时，新的惊喜出现了，轮到拍卖我们带来的作品，李仲玉丈夫杨志辉先生的《桂林山水》这幅画的初始价格为 28 万元，这时李仲玉和张玉琴老师都举起了牌子。我当时虽然没有举，可我却知道这幅画的珍贵和分量，因为杨先生的作品都是国宝呀；据《艺术家庭》这本书中介绍，"杨先生早年的作品《山河颂》由天安门城楼收藏，《漓江春》由人民大会堂收藏，《云海仙山》《秋江图》由毛主席纪念堂收藏，《春到长城》由中国国家博物馆收藏，《源远流长》由中南海怀仁堂收藏。他的许多作品还在中国驻国外大使馆悬挂，他的作品深受人民欢迎，既展示我们中华民族艺术的博大精深，同时又架起中国和各国人民友谊的桥梁，杨先生的作品，上至国家领导人，下至普通百姓都获赠杨先生的画进行收藏，他以纳蚕吐丝的春蚕精神为艺为人，不少作品是他晚年所作，在他七十岁时，他的右手不能拿笔了，他就改用左手画，他激情似如井喷，画如泉涌，一跃成为全国闻名的高产画家，画笔酣畅，情趣自然的作品令杨先生名佳遐迩。他画的长城雄伟壮观，五岳的俊秀挺拔，黄土高原的广大无垠，名川飞瀑如穿云直下，一泻千里。他的作品在我国画坛上取得了令人瞩目的成就。他本人也曾得到过老一代艺术家关山月和阳太阳以及胡根天等的真传。"

杨先生和李仲玉老师是一对画坛并蒂莲，他们夫唱妻随，举案齐眉，笔墨之情，舐犊之情，不但成全了一个优秀的艺术家庭，也成就了杨先生的艺术高峰时期，他把祖国的大好河山尽收眼底，包罗万象置入画中，给人以美的欣赏，美德传承，美的寄托，同时也影响了这个家庭成员艺术的提升。现在李老师的画，在北京东城已小有名气。他大女儿杨登虹在法国巴黎多次举行个人画展。二女儿杨登云开办了一个隆马动漫公司。儿子扬登峰从事摄影，曾拍摄多部电视剧。

这一家五口为国家做贡献很大，他们为人民留下了宝贵的精神财富和物质财富，他们曾把杨先生的画捐给吴桥杂技大世界三十多幅，为家乡学校建校舍多处，他们慧播天下，福施于民，可他们自己却很简朴，他们不讲吃喝穿戴，不住大房，不讲排场，真所谓德高望众。

此次拍卖虽未成功，但给我留下很深的印象，我从见到上万元的作品的所喜所叹所困，到见到国宝级的画卷时的所感所悟，在看到李老师作为家属，她那种处事不惊，不骄不躁，安静慈祥的态度时感触颇深。

现在李老师已经七十五岁了，她还仍然坚持作画，笔耕不辍，她还参加公益活动，为病友寻医买药，帮助家政人员寻找工作，还积极参加社区演出宣传活动，仍然风雨无阻的参加永康诗社的学习与投稿。她做到了老有所为，老仍奉献。我被她的这种人格魅力所感染，对她的简朴作风所折服，对她孜孜不倦的学习态度所启迪，是我真正懂得做人就要做这样的人，一个对社会有用的人，一个能够受人尊敬的人。

2014 年 8 月

情·影·清·风

91

# 论高考背景下的阅读与写作

高考背景下，给我的印象无疑就是备战时期，虽然同学们经历了十年寒窗的苦读，已有很多收获。但面临高考，群英荟萃，想取得优异成绩，单靠已学过的知识还不够，还需博览群书，积累知识，提高写作水平，以利高考作文发挥。当然，高考背景下时间紧迫，考生们要有选择性地阅读，如诗歌、经典著作、散文和小说等，什么样体裁的书最适合？要靠考生选择自己耐读，能使心情愉悦的书，现在互联网非常发达，也可在网上搜集自己所需材料，依个人爱好使自己感兴趣，选择能充分发挥想象力和特长的书。

## 一、谈阅读

阅读已成当下人们最好的生活方式：

1. 诗歌。

诗歌，我本人是倾向于诗歌的，因为诗歌体裁文短精悍，用词讲究，语言优美。例如《唐诗三百首》《宋词一万首》等皆是收录名家之作。

有人喜欢读现在的散文诗，押大致的韵，比较容易懂。有人喜欢读朦胧诗晦涩难懂，总之因人而异。

2. 经典著作。

如《古文观止》上下册，上面记述了《史记》《汉书》《战国策》有比较详实传记性的史书，政论，抒情言志的作品，既深邃又富哲理性。还比如《论语》是儒家以德服人的经典之作。总之要多读名著。

在阅读中要注意采纳经典用词，排句以及构成段落的衔接方式，吸取著作中最有营养和价值的东西。

3. 读散文与小说的区别。

散文就像山谷的"岩滴"道旁的"野花"引人从一个极小的"平凡处所"走到一个丰富而深邃的世界，读散文读者心灵在同散文的意象融合时要引起想象，一般小说家的倾向，是流露于情节里，而散文家的情思，则往往萦回在意境里，作者总是选择取同自己思想感情相一致的景物，来构成特定的抒情背景，倾吐他的见闻与感怀，再把他的真知灼见，化成文字和谐的色彩，自然的节奏，冲淡而隽永的韵味，使故事情节顺理成章。吸引读者感兴趣，已构成自己的独特风格。有人也喜欢读近代和现代的意识流小说如乔伊斯的《尤利西斯》，伍尔夫的《到灯塔去》，法国作家马塞尔的《追忆逝水年华》，国内作家王蒙的《蝴蝶》《夜的眼》，莫言的《春之声》《爆炸》《欢乐》等作品利用慢镜头描写，多视角叙事，意象比喻。他们在描写种种感受时，常常是挖掘深层意识来展露隐蔽的灵魂和内心世界。有些意识流的作品其特点往往是动态性，无逻辑性，非理性，给人感觉是扑朔迷离，天马行空。建议平时读。

## 二、论写作

写作是作家与读者心灵沟通的一种直接的生活方式。

1. 中心明确；选材关系文章的全局，写文章前要明白内容与体裁要求，要反复斟酌，深入理解人物个性内涵，要把人物的言行，品质，习惯，特征写出来，首尾呼应，贯穿全篇。

2. 层次清楚，结构严谨。

文章不论长短或记述事情大小好坏，反映人物的喜怒哀

情·影·清·风

93

乐，写景的动静荣枯，都要把事物的常态，变态，偶态，必然如实有层次地展现出来。

写文章要讲究结构严谨，要有逻辑顺序，时间顺序和空间顺序。

长句，短句，错落有致，偶句，奇语适当配置。在写见闻时似平凡而深刻，似平淡而隽永，再加上晨昏，风雨，山林，鸟兽等景象与气象的衬托，要表达得淋漓尽致，读起来能使读者忘情忘我，心动神摇，完美无缺这样的文章才算好文章。

作文时要有波澜起伏，不能平铺直叙，避免见头知尾，不能生搬硬套，避免用闲字废句或千篇一律，众口一词。

3. 贯穿全篇。

阅读与写作要紧密结合，要善于观察周围的社会生活，把外景与内景相连接，触景生情，睹物思情，要有个性的思维，创新的意识。要独立发挥自己的想象，直接准确地表达自己的真情实感，写容易被大众接受的，全民认可的能够弘扬正能量的好文章。

愿考生们善于观察事物，景物来捕捉灵感，因为灵感是暂时的，兴趣的，激情的。如不快速捕捉，很快就会消失的。考生们要保持愉悦的心情，健康的体魄，自由的发挥，提高写作水平，已达造诣深厚的文学领域。

2015 年 11 月 10 日

# 十岁那年发生的事

十岁那年是我最难忘的一年，他降临灾难的同时，让我们痛苦，也给我们启迪和警示。让我们铭记历史，更要珍惜今天的幸福生活。

1976 年，是个灾荒之年。也是毛主席周总理和朱总司令逝世之年，正当全国人民沉浸在万分悲痛之中时，老天也垂泪一月有余，平原大地到处呈现一片汪洋景象，再加上两次大的冰雹侵袭，致使那年我村颗粒无收，灾难重重。

记得那是在一个七月底的傍晚，天气黑压压的，伸手不见五指，顿时间，狂风大作，雨中夹杂着冰雹席卷而来，敲打在窗户上叮当作响，只见窗纸被撕裂，冰片溅落在窗台上。屋顶上像是在敲鼓，就如同要漏了一般，吓得我胆战心惊，缩成一团躲在墙壁的角落里，不敢动弹。约下了半小时的功夫，冰雹和雨停止了。我兴奋的打开房门跑了出去，只见院子里白花花的一片冰雹，足有半尺厚。有的像鸡蛋，有的像乒乓球。我好奇的拾起一个放在手心里，光滑滑冰凉凉的，晶莹剔透，便随即又把它放在嘴里，感到和冰棍只有甜度上的分别。心想，平日里三分钱一颗的冰棍，妈妈也不肯给我买，如今这么多现成的，我何不把它收起来慢慢吃。于是，我回到屋里，端出饭盆，不一会儿，便拾满一盆冰雹端进屋去，对妈妈说：您给我收起来吧，这下我有冰棍吃了。妈妈说："傻丫头，光吃这个能活命吗？这下惨了，庄稼全毁了，我们就要挨饿了。"果然，那年村上的粮食绝收了。村民早晚两顿饭只得靠喝白面糊糊度日，偶有几户村民去地里捞些鸡蛋大小的白薯和土豆来作为一顿午餐充饥，有的人家为了活命，还到河边退水处拾些漂浮在岸上的小鱼小虾，螺丝和蛤蜊，那一年还死了上百只的麻雀，它们可能是无处觅食和躲藏所致，邻居六叔家便捡回来三十多只食用。那一年实在是太困难，国家危难，民之祸殃。到后来实在无法解决粮食问题了，我村便与邻村吴庄商议，把两村唯美的一条小河给翻底了，两村的民众每户各得一筐鱼和一筐藕。那是一条多美的小河，它不雅于朱自清笔下的《荷塘月色》，每逢微风过处，送来缕缕清香，还有那岸边弯弯的垂柳，舞动着稀疏的倩影，日夜守候在荷仙的身旁，真可谓，"千把碧伞展池间，粉白相莹碧波悬。莺蝉蛙声鸣不断，鱼儿雁阵戏游玩。"就是这样的唯美一条小河在那年被人为地破坏了，由此便销声匿迹了。如今已经干枯了，堆满了垃圾和渣土，成为一片废墟。它给我幼小的心灵留下一丝阴影和些许遗憾，美丽富饶的小河在困难时期救了我们，富裕时期我们便毁了它。虽然今天我们经济发展了，但是我们破坏了环境，丢掉了文明。

关于这条小河在我儿时，还有一个传说，据老人们讲："乾隆帝在微服私访时，曾路过此地，他的香妃在此河沐浴过，留下缕缕清香，由此得名为香河"。路过宝地时，成为今天的宝坻，下榻过燕郊时便得名为行宫。

就是在我十岁那年，此河还淹死了我的一个童年伙伴叫香菊，她是家中唯一的女孩，上有五个哥哥，她的父母视她为掌上明珠，不料在一次洗澡时溺水身亡了，她的母亲由于悲痛至极也相继去世了。

这就是我十岁那年的真实写照，凡经历过那个年代的大多数农村人都会记忆犹新。人在困难面前，有时是坚强的，有时是脆弱的，脆弱只能是让人一事无成，而坚强往往能给人以力量，让人勇敢地去战胜困难，而在关键时刻彰显大无畏的精神去舍己救人，哥哥便是这样一个人。

据悉那年唐山大地震震惊中外，损失惨重，伤亡几十万人，毁灭一个城市。相比唐山，我们村上还算幸运，无人伤亡，但也闹得人心惶惶，难熬终日。记得那是在一天的傍晚，我们这里发生了一次6.5级地震，当时我和妈妈养父及哥哥都逃了出来，只有奶奶一人还留在屋内不肯出来，仍然坐在炕上喊着："地动山摇，花子落瓢"。

她认为自己是负担，不想活了，所以不往外逃。只是当时哥哥见状，二话没说，跑进屋去硬是把奶奶给背了出来。那一刹，哥哥是冒着生命危险呀！我当时看见土屋像筛子一样摇动，就连屋檐上的电线也在不停的摆动，人也随着东倒西歪，晕头转向。我真为哥哥捏了一把汗，幸亏房子未倒，哥哥和奶奶都安然无恙地逃了出来。哥哥的行为，使我看到了在那个年代人们的纯真的亲情和他们所磨练出来的意志。

到了十一月就更惨了，我们不但没有了吃的，就连烧火用的柴火也没有了，发的几斤煤票购的煤有谁舍得用，更别提有煤气和暖气可用了。那时我只好和小伙伴们去穿树叶了，穿树叶的钎子是用铁丝做的，把铁丝的一头磨得尖尖的，穿上十几片树叶便往筐里放，等筐装满了便可以回家了。到了十二月，当我再带上框子和筢子去拾柴时，望到田野和树上皆是光秃秃的，我傻眼了。但我并不甘心就这样空着筐回去，我怕妈妈说我没用。于是便漫无目的走了一会儿，不料愁苦之际，当我走到马路旁边时，意外地发现马路下渠沟内有树叶，河里薄冰处还漂浮着玉米秆，我想，可能是被风刮到这里残留的。我用筢子搂了点树叶不见筐满，便挽起裤腿，举起筢子去捞河里的玉米秆，一下，两下，三下，还是勾不到，我于是干脆脱了鞋下到水里，柴火终于勾到了。可是，我一用力，脚下一滑，便掉到水里，下身湿透。我惊恐的爬上岸，幸好水不深，顺着水流笆子和玉米秆也漂浮了过来，我顾不得冰水侵袭，赶快把玉米秆装满筐背回家。妈妈见状惊呆了，埋怨几句，给我脱了衣服，放在床上，用被子盖好，我当时浑身起满鸡皮疙瘩，抖得说不出话来，妈妈又给我烧了姜汤水让我服下。记得那日妈妈整整烤炉半夜才把我的棉裤烤干，那时的煤多贵，是用煤票购买的，有谁家舍得用，真是得不偿失，我好悔呀！虽然几十年过去了，但十岁那年发生的事至今让我记忆犹新。灾难沉重，教训深刻，十年间人们忙于批斗内乱，致使国力薄弱，民不聊生。国家的政治，经济，文化，科学技术全面落后，一旦遇到大灾之年，生活在水深火热之中的人们更是难以自救。

现在，可好了，国家强盛，人民富足。但我们不能忘记历史，要珍惜今天的幸福生活，感恩共产党，沿着党所指引的康庄大道前行！

2015 年 10 月 11 日

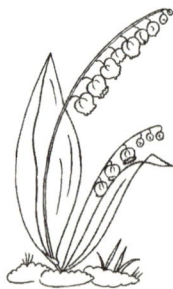

# 礼赞行者

　　2015 年的正月初二，这天下了一场大雪，天气很寒冷。但那日经历的事情，让我的心里暖暖的，虽说事情不大，但足以让我终身难忘。

　　那日早上，我乘坐 938 路公交车去香河文艺编辑部取书，因为书中有我的作品，我感到既兴奋又急迫。接近中午 12 点，我便到达香河县城，王智林主任早已开车再约定好的地点等候。由于我俩中午都未用餐，便商定好在县城内找一家餐馆用餐，由于春节期间餐馆放假休息，当时只有一家米线店尚开，我便和主任一同进入餐馆，我先找个座位坐下，主任直接去前台订了餐付了款，等主任过来时，我和主任说，在北京是坐在位子上点餐的，我不懂你们这里的规矩，真不好意思，怎么让您破费那。主任说："应该的，你远道而来是客人"。他还说，我们这里接待外地文友都是这个样子，一杯茶，家常饭，聊聊天，很自然，很淡雅，很舒适。我说，你们的这种廉洁风尚甚好，我很感动。主任说："你知道吗？我的网名叫行者，就是要脚踏实地，自我修行的意思。"是的，他是这么说的也是这么做的。用完餐，他又开车驶出十几里路，带我去香河一城参观，他说，你去看看咱们当地的庙会，在感受一下家乡的风俗。于是我们又同车前往一诚，不料，由于人多拥挤又找不到车位，便没有进入就扫兴而归了。这时，我由于身体虚弱，有些眩晕和不适。主任又带我到当地医院寻医问诊，幸好有位专家正是主任的亲戚，给我开了药方拿了药。我跟主任说要花多少钱，主任说没花多少钱，你以后多写好文章，多出好作品我们就很高兴，很欢迎了。

随后，主任又把我送到 938 路总站，我便顺利返回北京。

此事虽小，但它给我留下很深的印象。他放弃了休假，放弃了和妻子与一双儿女去游玩的机会，来车站接我，来办公事又搭钱。他的这种大公无私的精神令我感动。也对我们今天倡导发挥正能量和建设和谐社会以及廉洁从政，都起到了良好的带头作用。我们需要这样的领导，更需要有更多这样的行者。

行者，在繁荣和倡导践行"中国梦"的今天，期盼你的步履越走越远。另附小诗两首：礼赞行者

春节文友喜相逢，唱和交流情意浓。行者行者苦修行，不用坐禅有真功。

其二

人生修行路途遥，跋涉万里追孔焦。清廉节俭风尚好，党风纯洁品位高。

二零一五年正月初二

# 读一本好书　做一个好人

为了读一本好书做一个好人，为此我还病了一场。

就在 2015 年 5 月的第二个周日，这是个特殊而有意义的日子，是母亲节也是为张玉琴大姐出书举办专题研讨会的日子。届时有 5 家媒体和社会各界的领导和她的亲朋好友共计 150 余人参加了此次研讨会。

我也是应张大姐之邀参加大会的。这天早上八点，我便乘车早早地来到了位于海淀区中央财经大学院内，经门卫指点步入会议礼堂。

约八点半会议准时开始，先由作家报总编张富英讲话，后由谭云明秘书长给这本书做点评，后由军区领导及诗社领导谈读后感等。

我也读了这本书，据书中记载张玉琴大姐自六岁便随母徒步 400 余里去军队寻父。幼年在儿童团站岗放哨；青年时曾和中央军委领导的孩子们一起读书；中年时便成为军医，在硝烟弥漫的战火声中于军队的后方为战士和百姓救死扶伤；晚年时特别是离休后仍默默为社会做贡献、做公益、扶危济困、帮教助学、为灾区捐款，她还为社区环保出资千元购买环保袋，为成立社区文化站捐款一千五百元。据石祥先生在本书序中介绍，玉琴大姐戎近 50 年，多次立功受奖。却没有靠父亲升官谋利，"位卑未敢忘忧国"级别低、工资少也要为人民做贡献，自尊自重、自警自励、弘扬主旋律、释放正能量，为民鼓与呼，唱响中国梦。读了她的书就如同唱一首真情，上善，至美的，从心底流淌的歌，让人在不知不觉中产生敬仰之心。这么好的书，人人都在赞美，人人争着写读后感。我有幸也得到了玉琴大姐写的《玉韵琴声》这本书，我随即写了两首小诗以表祝贺，第一首为：《玉韵琴声》一方舟，常施善心大爱投。革命家庭彰锦绣，为国奉献写春秋。第二首为：少小离家军旅投，救死扶伤大爱修。《玉韵琴声》播天下，甘洒热血美名留。当我拿到第二本《梦香晚唱》时，看到书中我写的第二首诗有些误差，不知是我字迹潦草原因还是印刷时出的错，书中印的"少小离家军旅头，常施善心大爱求。《玉韵琴声》捧天下，夕阳爱觅风流"。我看后很别扭，不知大姐看后如何想法，我更不知众人看后会有什么想法，出于对大姐的尊重和对众人看书的负责，我想自己无论刮多大的风下多大的雨也要亲自参加大姐出书的研讨会。我要把书中之误纠正过来，不让大姐的书受到影响，绝不能伤了大姐的心，更不能损害她的人格魅力。

约十一点，我等众人发完言便把我的原诗读给众人听，纠正过书中的错误。此时我的心中就如同放下一块石头一样轻松了。这时，女儿给我打来了电话"说她给我买了鲜花和衣服"要我回去过母亲节，我说"我们现在也在过母亲节，玉琴大姐已经是耄耋老人了，此时，大家讨论很热烈，交流很亲切，都视玉琴大姐像母亲一样亲。

十二点了，会议接近尾声，我告别众人和大姐后就匆忙回家了。

那天下了很大的雨，我在换乘另一辆公交车时，路过一处洼地，不知是雨大的原因还是地漏淤阻的原因，地上存有一尺多深的积水，我不顾凉水的冰痛和此时身体不适的难耐，咬牙趟了过去。膝盖以下全湿透了，一双鞋子也灌满了水。由于路上塞车我拖着湿淋淋的身子终于经过一个半小时后到家了。我的腿抽筋了，肚子更是疼痛难忍，我病倒了。

此事我未向任何人透露，原因是我读了玉琴大姐的这本好书，接触到了她这个好人，我也做了一回好人。我以前也曾给雨中的大娘撑过伞、把患脑血栓坐轮椅的大爷送回家。也给地铁内、马路边的乞丐掏过钱等。但我觉得这跟大姐比起来太微不足道了。我要以大姐为榜样，好好读她的书，做像她这样的好人。

2015 年 5 月 22 日

# 快乐读书

　　我参加东城图书馆的购书活动，就购回一本【神州吟】，此书是李家庆所著我愿与大家畅谈一下阅读心声。据书中所序言："李家庆把李白的豪气、文天祥的正气和屈原的哭泣融为一身，形成自己独特的风格。他的感情丰富。诗中善用典故和比喻，又蕴含了独特的科学经验和哲学语言以及神学圣言，把几乎丢掉的神州文明又重新唤醒和复兴。他这位诗人具有老子所描述的"古之善为士者，微妙玄通，深不可识"，读他的诗我感悟颇深，愿和大家共同分享此书间乐趣。

　　阅读给我带来了快乐，阅读使我的知识大有精进，我非常感谢社区与东城图书馆为居民提供学习机会和创造有利条件。在此我也赋诗一首献给爱阅读的朋友们：

### 快乐读书

首都创办惠民路，
居民争先来阅读。
增智蓄慧学问富，
乐在其中品劲读。

（此篇摘自本人于东河沿社区发言稿）

2015 年 10 月

# 在东城区图书馆学习的日子里

在两年前东图举办的一次诗歌朗诵会上，我有幸认识了刘炽老师，在他的引荐下，我去永康诗社学习，在诗社学习了"平仄""对仗"等写诗的基础知识，受益匪浅。在此我又结识了李仲玉老师，经李老师介绍我进入东图学习。

在这里，我又结识诸多文化名人和诗作大家，像王志刚老师、马晓鸥老师. 苗和老师等。认真聆听和拜读了他们的文章和诗歌，受益良多。如王老师的《冰清玉洁罗玉笙》一文读后感触颇深。我对文中描述的罗玉笙孜孜不倦的学习和勤于笔耕的精神所感动。对董老师《筒子河的遐思》这首诗歌，她写自己从小到老在北京的生活经历和她对北京人文地貌细致入微的描写所折服，很是接近百姓。

而我写的反腐倡廉之《优秀共产党员的风采》是从如："水波中"，"狂风里"（喻示我党无论在和平年代或战争时期以及处在恶劣环境下都能经得起人民的考验，坚韧不拔地为党工作）。是在他们的心灵. 意志、责任、义务、信仰等方面刻画来展现共产党员的风采，通篇只用一个'你'字为代表涵盖很多。我当时写的时候想，我们的国家有成千上万的共产党员，单靠展现某个人的风采是不够的，所以我要写大批的优秀共产党员，因此文章写的比较空旷和朦胧。用马晓鸥老师的话说，就是不接地气，给人一种虚幻和好高骛远的感觉。

后来我又写了一篇《盛世中华》的诗歌描写祖国各地的壮美山河和近年来改革开放和科技发展给人民带来的幸福生

活。通篇以局部构思来刻画整体形象。如诗中所叙"病有所医不用怕，疑难杂症 cT 查"喻示人民享受医疗保险福利"老有所养享晚霞，闲趣跳舞谈诗画，上亿学子布天涯，百万博士京门跨。"喻示天下精英聚北京，人才济济。"神十九天好接洽，航母洋底潜雷达。"喻示我国军事科技发展走在世界前沿。此诗所写内容、篇幅、题目较大、丁大华老师点评说：此诗就如同白居易的"长恨歌"又臭又长，平白无味，通俗无韵。我听了丁老师的话很受启发，我想，今后在写诗上一定要去掉"空驾"、"浪漫"的写作毛病，多多加强语言文字的修炼、精选和裁剪，斟词酌句，用多种视角去观察事物形态，用多种思维去剖析事物本质，力求做到惟妙惟肖，更加完美。做个现实主义者，多多向前辈学习，要不拘一格，更不能千篇一律，要学习现代的散文形式写法，也要学传统的律诗写法，更要写通俗易懂的民间写法、把我国的诗歌文化发扬光大，用多种形式来活跃，繁荣和提高我们的创作水平。

2014 年 5 月 14 日刊登北新桥风采报

# 跋：敢问路在何方

## ——陈倩清和她的诗

### □肖学海

在北京东城文学协会，大家都认识陈倩清，对她的善良，坚强，才华众所周知。在她很小的时候，父亲被迫害致死，"幼年丧父孤独苦，含泪无依心更酸"。可想而知，这个贫苦无依的女人有过多少艰辛的童年。

若是别人，曾有如此悲痛的童年，有着现在年轻人难以想象的生活的艰辛，早已心死，早已被残酷的社会现实和多难的遭遇压弯了腰。再新奇的事物，再惊艳的景色，也无法温暖她那沉重的心，即便在五月的春晖里，也不会有垂柳成行，湖水荡漾阵阵涟漪的诗情。

然而，陈倩清却用中国女人的自尊与坚强向命运抗争，并得到了社会各界的认可和尊重，在文学创作上取得了让人惊叹的收获。

她不惧困难，虽然，"气温骤降已隆冬，孤灯伴我无眠夜"。但依然学习文化，提高艺术修养，在寒冷和孤独中，勉励自己"莫忘往日愁"，虽然"坎坷道路世事艰"依然要"奋起拼搏"，向着心中的"光明大道"勇敢地迈进。

她为了家庭，一个人要打三份工，据她的同事说，她曾在必胜客工作时拾过六次手机，三次现金，一次千元必胜客美食卡，她都追交顾客或上交经理，从不张扬，我曾遇到过一次，当有人问起她时，她笑着回答说，这是我应该做的。至此，她成为了必胜客的服务盟主。她在一建公司是优秀共青团标兵，由建工总局授予证书。她不但在工作上积极肯干，在实际生活中她对社会各界人士都很尊敬，平易近人，对家人子女丈夫照顾有加，她写下了《亿万中的一员》《我是一个顶梁柱》这些旋律优美，催人奋进的作品，先后在各大报刊和杂志发表

《我是一个顶梁柱》曾荣获北京市总工会优秀奖，作家报创新奖。

她虽已中年，但陈倩清对生活，对大自然依然有着少女般的好奇与纯情。尽管拜金主义的喧嚣不绝于耳，人们为了追求利益，在诱惑，虚伪，犯罪的道路上越滑越远，他们早已忘记了用青春岁月铸成的信念，早已失去了在困难面前气壮山河的震吼。

正是她的这种宝贵天性，这种对生活的无畏和纯情，使她产生了诸多作品，赢得了文友，诗友的尊敬。

这位外国著名作家曾经说过："纯洁的心是女人最高贵的财产。"

我们期待，陈倩清会把她那"最高贵的财产"不断分享给大家。那就是她的诗，就是她对祖国母亲的爱，对眼前世界的爱，就是她美丽心灵流淌出的甘美，清新之泉。

2015 年 11 月 28 日

# 后 记

　　我是在 2013 年进入永康诗社学习的，在刘炽，马启龙，王志刚，王日富，张福存老师的"平仄，对仗"等诗歌基础知识的精心培育下，才开始诗歌创作的。

　　2014 年伴随着散文诗《我是一个顶梁柱》的获奖和发表，在王志刚老师的引荐下，我又加入了北京写作协会。在协会建立的微信平台上，我有幸得到了谭云明教授的讲座，从中获得了知识的源泉，又欣赏了民族诗人闪世昌老师的诗歌和众多诗友的畅谈与交流，使我的写作水平有所提高。

　　2015 年的 5 月和 8 月，我又参加了作家报张富英主编和祝雪侠副主编组织的山东九龙峪和贵州织金的采风和笔会活动，更使我受益匪浅，是张主编给我创造了向全国名人大家们学习和交流的机会，使我开阔了视野，激发了我的创作灵感，提高了我的写作水平。在此，又使我认识了军旅诗人书法家杨廷欣将军，人民日报社主编石英先生，潍坊书法家刘永强老师，并在现场恩获了他们的墨宝，全国知名作家周光炜老先生我在欣赏他的作品时，由于当时人多没有得到，是周老先生和我要了地址，硬是把"厚德载物"的作品从石家庄市寄到北京我的家中，为此，我非常感动。我为他们无私奉献的高风亮节所仰慕，更为他们名副其实的德高望重所折服。能够得到他们的关心支持和勉励，我感到荣幸之致。纵有千言万语也难表达我的谢意，至此，我只有印书千册以表致敬！并在此说声谢谢了！

2015 年 8 月我加入了中国散文诗歌协会，感谢王主编，钟淑琴老师寄来的诸多刊物和作品，也使我的《荷花赞》诗歌进入《新视野》书中的行列。

感谢科技导报记者笑琰老师发来的微信，传颂宗教的神圣，使我仰慕了佛学的光芒。

感谢湖南作家刘一清老师发来的微信让我走进了小说的世界，进入了文学的殿堂。

近日，永康诗社年拜会，王日富老师赠诗社全体诗友军旅书法家王新民的作品，王老师把林则徐句"海纳百川，有容乃大，壁立千仞，无欲则刚"赠送与我，他说；此作品适合我的人品和性格，我感到很惭愧，我有何德何能受此殊荣，这是老师对我莫大的激励，我当不负众望，疾步前行，写出更多更好的文章来报答老师们的恩情与厚望！

此书能够顺利出版，我还要感谢为此书作序的香河县原文化局长王宏任老师，为此书作跋的中科院诗人肖学海老师以及为此书精心策划的葛凤芹老师和团结出版社的全体编辑老师，在此说声谢谢了！您们辛苦了！

《倩影清风》诗集的出版，融进了众多老师的心血和付出，得到了众多诗友，文友的关心，支持和帮助，才使我写出这么多美文和诗行。它因简单而清白，所以朴实而大方。它因劳乐而不疲，所以自强而不弃。

愿我的诗集化一缕清风，吹散阴霾，迎来晴空和暖阳，给人间带来温暖和希望。

愿我的诗集成为一粒种子，播撒大爱无疆，长成花草，飘散清香，结成善果，福祉百姓，成为您茶余饭后的精神食粮。

愿我的诗集能给您留下美好的印象，有利于您的身心愉悦健康！

此书出版由于比较匆忙，未免有诸多遗漏和不足之处，望广大读者提出宝贵意见，也感谢您们能耐心看完我的诗集！

2016 年 1 月 8 日

图书在版编目（CIP）数据

倩影清风／陈倩清著. －－北京：团结出版社，
2016. 4
（九叶集／梁文伟，门立伟主编）
ISBN 978－7－5126－4018－4

Ⅰ. ①倩… Ⅱ. ①陈… Ⅲ. ①诗集－中国－当代
Ⅳ. ①I227

中国版本图书馆 CIP 数据核字（2016）第 045953 号

---

出　版：团结出版社
　　　　（北京市东城区东皇城根南街 84 号　邮编：100006）
电　话：（010）65228880　65244790
网　址：http：//www. tjpress. com
E - mail：65244790@163. com
经　销：全国新华书店
印　刷：精致印务有限公司
装　订：精致印务有限公司

---

开　本：787×1092mm　1/32
印　张：4
字　数：120 千字
版　次：2016 年 4 月　第 1 版
印　次：2016 年 4 月　第 1 次印刷

---

ISBN 978－7－5126－4018－4
定　价：28. 00 元